光文社文庫

正しい愛と理想の息子

寺地はるな

光　文　社

目次

正しい愛と理想の息子

第一章

1

とっておきの話があるんだ。

「仕事」の話をする前には、いつも心の中でそう呟く。思うだけだ。口に出しては言わない。だってあまりにもうさんくさいだろう。わざわざ「とっておき」だなんて。

ダイヤモンドの宝石言葉は「永遠の絆」。だから婚約指輪に用いられる。けっして傷つけられることのない不変の輝き。黒いスエード張りのケースの中のダイヤモンドを、女が目を輝かせてのぞきこむ。

午後三時の喫茶店、俺たちの他にはひまそうに新聞を読んでいる爺と、壁際の席で話し込んでいる若い女と男しかいない。女は男に、浄水器を三台売ったらその後、半永久的に男の懐に金が入ってくるというシステムについて熱心に説明している。まごうことなきネットワークビジネスだ。女はなかなかの美人で、鼻の下をのばしているあの男はたぶん一時間以内に契約書に判を押してしまう。お気の毒に。

「結婚前の五大イベント、五大準備って、ご存知ですか？」

俺が言うと、目の前の男はしゃきんと背筋をのばす。五大イベントとはもちろん、婚約指輪、結納、結婚式、新婚旅行、新居の準備のことだ。いずれにも、それなりの費用が発生する。

「最初に必要になるのが婚約指輪ですね。婚約指輪の金額の相場は八十万から百万と言われています。かなり高いとお思いになりませんか？」

「思います」

男が頷く。

「もちろん最近は婚約指輪はいらない、というかたもいらっしゃいます。結納をしない、というのもよく聞きますね。でも一生に一度のことですから、きちんとしておくにこしたことはない」

「そうですね」

「それに、女性はやはり憧れるのではありませんか？　なにせ一生に一度のことですから」

　女が脚を組み替える。短いスカートからのびた脚は太い。もちろん、これぐらいの太さが好きだ、という男はたくさんいる。

「でも今すぐ結婚とか、まだそんな段階じゃないんです。私たち知り合ったばっかりだし、ねえ。女が身を寄せる。ふたりの肩が触れ合った。

「そうだね、えっちゃん」

　男の髪は茶色くてやわらかい。子犬の毛並みのように、ふわふわしている。

「今すぐというわけじゃないから、いいんです。今のうちに石だけ先に買って準備しておくんですよ」

「石だけ、先にですか？」

「そうです。ネックレスに加工しておけば、普段から身につけられます。晴れて婚約が決まったら、リングに加工し直すことができます。今、ダイヤを買うことで、なにかと物入りな結婚前の時期の負担を減らすんですね」

「はあ、なるほど」

「だから、言ってみれば、投資ですよね。おふたりの、幸せな未来への投資」

「幸せな未来への投資」

男がうっとりと繰り返す。

「そうです」

教師にでもなった気分だ。リピート・アフター・ミー。幸せな・未来への・投資。

「それにこれだけのクラスのダイヤ、他ではこの価格では手に入りませんから」

一段声を低くして、そう言い添えた。

ジュエリーデザイナー。俺のＳＮＳのアカウントにはそう書いている。目の前の男女もまた、ＳＮＳで知り合った。男のほうから誘って、交際に至った。その経緯については逐一報告を受けているので知っている。彼女を連れていきます、と男が俺にメールを送ってきたのは昨日のことだ。

「でも、さすがに九十万はちょっと、今は無理ですね」

男が目をしばたたかせる。

「ね、りょうちゃん、無理しないで」

女の声には特徴がある。すこし掠(かす)れて、奇妙に甘い。声だけなら悪くない。

私、そんな高い婚約指輪なんていらないよ。手を添えて男に耳打ちする。

「ローン組めば買えるって」

「だめ」

だってりょうちゃん、フリーターでしょ。男の腕に触れた女の指が上下するところを、たっぷり十秒ほど眺める。鳥肌を立てずにいられた、自分の精神力をほめたい。

「しっかり者の、素敵な女性ですね」

男は後頭部に手を置いて、へへと笑う。女は満更でもなさそうに、そんな男を見つめている。

「でもなにか、記念に買いたいな。つきあって二か月記念。ねえ、えっちゃん」

「素敵ですね。お幸せそうでうらやましいです」

半分しか飲んでいないコーヒーを押しやる。今だ。

「……こっちは、お客さん全員にお見せしているわけではないのですが」

特別ですよ、と念を押して、床に置いたアタッシェケースからもうひとつ、ひとまわり小ぶりな宝石ケースを取り出す。俺がデザインした、いやデザインしたことになっているペアリングがおさめられている。

プラチナの土台にアクアマリンとダイヤモンドが交互に並んだ指輪。もちろんイミテーションだ。プラチナもアクアマリンもダイヤモンドも、すべて。

「ペアで四十万円です」

「四十万円……」

四十万円は大金だ。でも九十万円のあとだと、ずいぶん安く感じられるはずだ。男が身を乗り出す。

「ねえ、これえっちゃんに似合いそう」

女の誕生月は四月で、誕生石はダイヤモンド。男は三月で、アクアマリン。喫茶店に入ってすぐのタイミングでそれとなく確認した。

「おふたりのためにあるような指輪ですね」

子どもの頃から俺は、ほとんど笑わなかった。どういう時に笑えばいいのかよくわかっていなかった。イミテーションの宝石を売りつけるようになってからは、いくらでも笑顔をつくれる。食いつなぐためなら、生き延びるためなら、いくらでも。

「僕らのための指輪だって、えっちゃん聞いた？」

すごい、すごい。男はぱちぱちと手を叩く。なんという無邪気な笑顔なのか。一瞬仕事を忘れ、本気で感動する。

「ねえ、買おうよ。えっちゃん。買おう」

「あ、ちょっとごめん」

女が突然テーブルの下にしゃがむ。

「ピアス落としちゃった」

どんくさい女だ。あやうく舌打ちするところだった。いいところだったのに。だいじょうぶ？　と声をかけながらも、男は下にいる女ではなく、俺のほうを見て、唇の両端を持ち上げる。まいりましたね、とでも言うように。

「あ、あった。ありました」

もとの姿勢に戻った女の耳たぶには、どこにでも売っていそうなシルバーの輪が装着されていた。

指輪のサイズは事前に男にメールで確認済みだ。連れてくる前に、こっそりサイズをはかっておけと指示しておいたのだ。寝ているあいだに、紐かなにかで。

「ぴったり」

指輪をはめた手をかざし、女が声を弾ませる。ぴったりって、あたりまえだろバーカ。

「でもええと、現在はフリーターでいらっしゃるんですね」

眉をひそめ、腕組みしてみせる。男の眉が下がる。

「どうかしました？」

いやちょっと、うーん、ローンがね、組めるかなあ……うーん。もごもごと、でもふたりには絶対に聞こえるぐらいの音量で呟く。

男が女の手を握る。

「この指輪、えっちゃんに、すごく似合ってるのに」

その瞳には、いつのまにか涙が溜まっている。

「ごめんね、えっちゃん。僕が就職できないからローンが組めなくて指輪も買ってあげられないなんて情けないよ。ほんとにごめんね」

「りょうちゃんってば」

女が男の手を握りかえす。

「……そんな顔しないでよ」

さあ、どうする。心の中で、節をつけて歌った。さあ、どうする？　さあ、どうする？

あの。女が俺に向き直る。

「私が買います」

「そんなのだめだよ、えっちゃん」

男は両手をワイパーのように動かす。俺は指を組み合わせたまま、静かに待った。

「いいんだってば、ペアリングなんだし」

「でも、そんなの」

「ふたりでつけるんだから、私が買ったっていいじゃない」

「でも女の子に払わせるなんて」

「だったら半分ずつ出し合って買うことにする？　ペアリングだしさ」

「……いいの？　うーん、でもなあ」

「じゃあ、半分は私からりょうちゃんへの貸しってことで。毎月ちょっとずつ返してくれたらいいからさ」

ひそひそ声の会話がちっとも聞こえていないふりをしながら、壁にかかった絵を眺める。椅子の上でお座りをするマルチーズとテーブルにのせられたりんご。カルチャーセンターで油絵を習う主婦が写真を見ながら描いたようで、おもしろみにかける。

「でも、りょうちゃん。とりあえずいったん帰って考えない？」

スマートフォンを取り出し、メールを確認するふりをした。「あー、どうしよう」と片手で顔を覆う。

「どうかしました？」

「以前に他にもこのペアリングをお見せしたお客様がいらっしゃいまして、その時はお返事は保留とのことだったのですが、たった今そのお客様からメールが来ました。夕方会えないかと仰（おっしゃ）っていて……もしかしたら購入を決められたのかも」

「ええっ」

男は前のめりになったはずみで、グラスを倒してしまう。氷のかけらが俺の手の甲に飛んだ。

「今決めていただければ、もう、今この場でお渡しできるのですが……」

「今、ですか」

おしぼりでテーブルを拭きながら、男は今にも泣き出しそうになっている。

「ええ、今」

さて、どうしましょうか。女と男の顔を、ゆっくりと見比べる。

その後、女は喫茶店の向かいのATMで金を引き出し、四十万円を支払った。偽宝石のペアリングを薬指に輝かせて、ふたりは去った。

十五分ほど待って喫茶店を出る。ネットワークビジネスの女とその獲物はいつのまにかいなくなっていた。爺はまだ新聞を読んでいる。店員は爺の傍を通りかかるたび、唇をひん曲げる。気持ちはわかるが、顔に出しちゃいけない。

アタッシェケースを片手に歩き出す。腹が減った。沖と落ち合ったら、すぐに飯を食いに行こう。俺は寿司が食べたいが、あいつはたぶん肉を食いたがるだろう。ステーキや焼肉ではなく、ハンバーグ。食べものの好みが小学生のような男だ。

煙草の吸殻と犬の糞ばっかり落ちていやがる。このあたりを歩くたびそう思う。自販機の横のゴミ箱の空き缶を拾うホームレスの脇をすり抜け、雑居ビルの階段に脚をかけた。

五階建てのくせにエレベーターもついていない。階段の脇は管理人室になっている。ガラス窓から、たいくつそうに週刊誌をめくっている父のまぬけ面が見えた。俺に気づいてわずかに目を細める。

クソぼろい雑居ビルの屋上に、これまたクソぼろいプレハブ小屋がある。それが俺の住処だ。もとは物置だったらしい。

鞄から封筒を取り出して、一万円札を床に一枚ずつ並べた。いちまい、にまい、と声に出して数える。できあがった一万円札の敷物を腕組みして、しばし眺めた。心が「ようやく」という感慨でひたひたに満たされる。ようやく、だ。

十枚ずつクリップでとめて金庫にしまった。金庫の戸を閉めると、上に置いた地球儀がかすかに揺れる。ダイヤルをまわしてロックしたところで、プレハブ小屋の戸が二度、叩かれた。返事をする前に、きしんだ音を立てて開かれる。

「おう、眞」

「おうじゃねえよ」

長谷眞という俺の名を、名字ではなく「眞」と呼ぶ数少ない人間のひとりである父は、扉にもたれかかって腕を組んだ。

「なんだ仏頂面して」

「生まれつきだ」

「うん、そうだったな」

生まれついての仏頂面。母親譲りの仏頂面。母親は水商売というのにめったに笑わない女だった。笑わないけど脚がとてもきれいだったと、いつか父が言っていた。脚のきれいな女と、スルメ工場勤めのかたわら寸借詐欺を働いていた男は偶然出会い、気まぐれに子どもをもうけた。

母は俺が一歳になる前に出奔した。

「施設にほうりこんでも良かったけど、子どもは意外と役に立つかもしれんと思った。だから、俺が育てることにした」

当時を回想する父は目鼻立ちの整った、なかなか悪くない顔をしている。小さな子どもの手を引き、途方にくれた表情で「財布を落としてしまいまして」と訴えれば誰もがたやすく金を貸してくれたという。返さなくていいから坊やになにかおいしいもの食べさせてあげて、とさらに千円札を重ねる者すらいた。

中学を卒業するまで、せまいアパートでふたり暮らしだった。親子ふたり、父が女にたかった金で暮らしていたのだ。もうずっと、父はまともに働いていない。俺が四歳ぐらいの時スルメ工場の機械に服の裾をはさまれ、腕に怪我をしたのだ。

障害が残ったわけじゃない。働くのに支障があるというわけでもないのに、その事故以後は会社を辞めて堂々とぶらぶらしはじめた。「悪くない顔」の威力は絶大で、女はいくらでも釣れた。俺が病気になったのに入院費が払えないとか、ランドセルを買わなければならないのに財布を落としてしまったとか、嘘くさい話を女たちは簡単に信じた。信じたふりをしていたのかもしれない。

結婚を迫られると、父はきまって俺の存在をだしにした。「眞は、まだ母親が帰ってくることを信じて待っているんだ。けなげだろ。でも俺が愛している女はお前だけだ。わかってほしい」と言いながら、目をうるませ肩を抱く。女たちは文句を言ったり泣いたりしながらも結局受け入れてしまう。

「話があるんだ」

プレハブの外に俺を誘う。屋上の金網に背中を預けて、父がポケットをごそごそ探っている。ガムを取り出し、俺に差し出した。

「食え」

「いらないんだけど」

「いつからここに入ってたかわかんないけど、食えよ」

「なおさらいらない」

食っても死にはしない。食え。しつこくすすめられたガムは、ねぼけたようなミントの匂いがする。

路地の先にある神社がやけに白っぽいと思ったら、梅が咲いているらしかった。ああそうか、そういう季節か。梅が咲いたら今度は桜が咲いて。夏になって冬になって。こういうのがいつまで繰り返されるんだろう。俺はもうすでに自分の人生に飽きている。

「今日は、昌子(まさこ)さんの四十九日だった」

めずらしくネクタイを締めているのはそのせいか。

「ここでやったの?」

「昌子さんの長男の家で」

「行ったの？　長男の家」

「家にはあげてもらえなかったけどな」

昌子というのは、このビルのオーナーだ。八十過ぎていた。つい先日、心不全で死んだ。父の手を握ったまま、静かに息を引き取ったという。

五十八歳の父とどのようにして知り合い、どのように深い関係になったのかは知らない。俺が十六歳でアパートを出たあと、父は女の家を渡り歩くようになった。昌子からは一応このビルの管理人という仕事を与えられ、給料というかたちで金が支払われていたが、仕事なんぞたいしてなかった。

昌子にはふたりの息子がいた。病院にかけつけ、昌子の手を握る父と鉢合わせして、腰を抜かさんばかりに驚いていたという。通夜の席では「母が息子みたいな年の男を囲っていたなんて」「いや母がそんなことをするわけがない」「お前が独居老人の孤独につけこんだんだ、そうだろ」「財産目当てか」「ヒルみたいな男だ」と大騒ぎだった。

つけこんだのは事実とはいえ、およそ三年以上にわたって続いていた父との関係に気づかなかったのは、息子たちがそれだけ母親と疎遠になっていた証拠だ。

「ひどいよなあ。昌子さん、ずっとさびしそうだった」

そのさびしい婆さんにたかっていたのは誰だ。

「長男から言われた。このビルから出ていってくれって」

父がガムを吐き出す。ようやく本題に入った。プレハブの戸が叩かれた時から、あるいは婆さんが死んだ時から、そうなることはわかっていた。

「昌子の婆さんに遺言状でも書かせときゃ良かったんだよ」

ビルと現預金は長谷佳央(はせよしお)に遺贈する、とかってさ。父はそんなことをしないとわかっていたが、言わずにはいられない。

金は取っても身ぐるみ剝ぐな、が父の信条だった。財産を根こそぎ持っていくようなことはしない。節度ある寄生虫なのだ。信条があるのは結構なことだが、できればもうすこし欲を出してほしかった。いつも金がなく、毎日毎日食パンばかり食わされた息子の身にもなってほしい。

「そりゃ、やりすぎだ。こっちは死ぬまで死なない程度に稼げたらいいんだ。だって、もうお前も成人したしな」

成人。つい最近のことみたいに言いやがる。十二年前からとうに成人だ。

「明日からどうするんだ。お前、行くとこあるか」

「とりあえず沖のとこにでも行こうかな」

沖はシェアハウスに住んでいる。小汚い一軒家に五、六人の男がごちゃごちゃひしめきあっていて、お世辞にも住みやすそうではないが。

「そうか。遼太郎によろしくな」

父は沖のことを「お前の相棒の遼太郎」と呼ぶ。相棒という響きはほんのすこしくすぐったい。

「でもやっぱり、きびしいかもしれない」

カーテンで仕切った六畳間をアジアのどこかの国から来た言葉の通じない男と一緒に使

っていた沖の住まいを思い出すと、気分が暗くなる。いくらなんでも三畳はちょっと。

「会社の寮もあるんだろ？」

三十二歳で、清掃会社でバイトしている男。偽宝石売りであることを知らぬ他人から見たら、俺はそんな男だ。でも自分では、あくまで仮の姿だと思っている。ショッピングモールの床をモップでこすることだけが俺の人生のすべてではない。

会社の寮と言っても二間の木造アパートに二段ベッドを二台置いた部屋を「四人部屋」と称しているようなところだし、積極的に住みたい場所ではなかった。

「あんたは？」

俺か？　俺はな。父は金網に指を引っかけて遠くを見た。ふふ、などと笑みを漏らしている。

「なんだよ気持ち悪い」

「先週知り合ったご婦人のところに住まわせてもらうことになってるよ。心配するな」

「いや、べつに心配してないから。どうせもうちゃっかり次の獲物を見つけてるんだろうなと思ってたし」

「獲物なんて言うな」

「今度は何歳の婆さんだよ」

「女性と言いなさい」

なんて品のない言葉遣いをするんだ。眉をひそめる父は、どこからどう見ても良心的で知的な紳士そのものだ。実体を知る息子の俺ですら一瞬騙されそうになる。

「心で思っていることは表情や態度や声色に出るんだよ。騙す時にも、相手を心の中で小馬鹿にしていたら失敗する。心から相手を敬い、愛さなければ、女性から金を引き出すことはできないんだ」

「前にも聞いた」

耳の後ろを掻く。

「たいていの女性は、自分の亭主よりも長生きする」

説教が長い。こういうところだけ、人並みの父親なのだ。

「最期の瞬間に、手を握ってくれる相手が必要なんだ」

その相手が自分だということか?

「手握ってもらっても、死ぬ時はひとりだ」

「だからこそ、手を握っててほしいんじゃないか。お前は女性の気持ちがまったくわかってない」

父が首を振った。風にのって流れてくる焼肉屋のけむりに混じって、一瞬梅が香った気がする。

「わかりたくもない」

「女嫌いなんだな、お前は」

俺は黙ってガムを噛み続ける。そろそろ沖から連絡がありそうなものだが、いったいなにを手間取っているのだろう。

「……男のほうが好きなのか」

父がやけにおずおずと質問を変えた。

「それ訊いてどうするんだ？」

たとえ親子であっても、くだらない質問には答える義務がない。スマートフォンが鳴った。駅前のファミリーレストランで待っているという。すぐ行く、と返信してスマートフォンをポケットに押しこんだ。

壁際の席に、沖はいた。笑顔で手を振っている。幼児が電車に向かって手を振るようなひたむきさを感じる。動きに合わせて、茶色くてやわらかそうな髪がかすかに揺れた。アクアマリンとダイヤモンドの指輪が薬指に光る。まだはずしていなかったらしい。

「ペアリングだし、半分ずつ出し合って買う？」

昼間の女の口調を真似ながら、椅子を引いて座った。壁の一部が鏡ばりになっていて、一瞬うつった自分の髪が風でぐちゃぐちゃに乱れているのに気づいた。手櫛でざっくりと直す。たいして直せていないが、かまわない。俺の髪形なんて誰も気にしちゃいない。

「けっこうせこいこと言う女だったな」

「せこくないよ、まっとうな女の子の金銭感覚だよ」

沖は女をかばう。

准看護師をめざして週に三日病院で働きながら看護学校に通って、時々キャバクラで働いているというあの「えっちゃん」という女にとって四十万がはした金じゃないことは、もちろん俺にもわかっている。

それでも良心は痛まない。痛めてはいけない。ほんの数か月とはいえ、沖のようなきれいな顔の男とつきあえて、将来がどうのという甘い夢を見たのだ。好きだよと囁かれて髪を撫でてもらい、きれいだのかわいいだのと毎日ほめ言葉を浴びた、その対価だと思えばいい。「えっちゃん」は夢を買ったのだ。夢の値段だ。

SNSを利用して、沖が適当な女と仲良くなる。アイドルの誰それは人気があるけどそんなにかわいいとは思えないとか、職場の同僚の女がうざいとかそういうクソどうでもいい愚痴を垂れ流している女は孤独な女だと相場が決まっているので、ちょっと声をかければ、たいていは、簡単に会う約束を取りつけることができる。

ほどよく親しくなったところで、沖がジュエリーデザイナーを名乗る俺のアカウントにコンタクトをとる。そして今日のように、イミテーションの宝石を買わせる。ここ一年ほど、俺は清掃、沖はティッシュ配りのかたわらこのやりかたで稼いできた。さびしい女はこの世にたくさんいる。そして、さびしさは利用できる。

わけあって一年前、俺たちは灰嶋（はいじま）さんという男からアタッシェケースいっぱいのイミテーションの宝石を押しつけられた。お前ら今日からこれを売れ、と。断る権利はなかった。

「沖、今日はいいニュースと悪いニュースがある」

「すごい、映画みたいなセリフだね」

ははは、とふたりで同時に笑い出す。隣のテーブルの男女がちらっとこっちを見る。他人に聞かれたら、なにがおもしろいの？　バカじゃないの？　と思われること必至のやりとりだが、俺たちはとても楽しいので、どう思われてもべつにかまわない。

「悪いニュースから聞こうかな」

でも、その前に注文しようよ。沖が卓上のボタンを押す。やってきた店員にむかって「和風ハンバーグ洋風セット」という、どっちかにしろよと思うような注文をする。

メニューを一瞥（いちべつ）し「まぐろアボカド丼」という、選択肢の中ではいちばん寿司に近い料理の名を店員に告げた。

「あのプレハブを明日中に出ていかなきゃいけない」

去っていく店員の背中を見送っていた沖が、眉を下げる。

「これが悪いニュース」

「いい部屋だったのに」

そうでもなかった。なんせ屋上だから夏は死ぬほど暑くて冬は死ぬほど寒い。エレベーターもない。でも沖はしんから「いい部屋だった」と思っている様子だった。そりゃあ、三畳のスペースで暮らすよりはずっとましか。

「いいニュースは、ようやく二百万貯まったこと」

今回の四十万を十万ずつ俺と沖で分け合って、残りの二十万を、灰嶋さんからの借金二百万の返済に充てる。

一年前まで、灰嶋さんが経営するカジノハウスで働いていた。むろん違法の。二年以上同じ場所で商売しない、というのがルールのようだ。灰嶋さん独自のルールなのか、業界全体のルールだったのかは、下っ端の俺にはわからない。

きっかり二年で店じまいし、数か月後に名前も場所も変えた新しいハウスを開く。そういうことをもう十年以上続けている灰嶋さんに、十七歳の時に雇われた。

これまでにいろんなやつがやってきては、また去っていった。違法なバイトばかりやってきた猛者もいたし、けっこう名のしれた大学に通っている男が興味本位で入って来たこともあった。

いろんなやつにバカラだのブラックジャックだののルールや、カードのさばきかたを教えてきた。かつて自分が灰嶋さんに教わったように。

八年前に入ってきた沖が、いちばんのみこみが悪かった。ディーラーは常にメインとサブのふたり一組でゲーム台につくことになっている。客の中には負ければ逆上してつかみかかってくるようなやつもいるし、不正をはたらくやつもいる。

みんな沖と組むのを嫌がった。悪いやつではないが、はっきり言ってどんくさいからだ。俺がメインでカードを配り、沖がサブの時はただ隣に座らせておけばいいから楽だった。俺がサブの時にはまったく気を抜けなかった。沖はしょっちゅうカードを配り間違えるし、コミッションの計算をする時も暗算がものすごく遅くて、客を苛立たせる。

怒った客に飲みものをぶっかけられたこともあった。胸倉をつかまれたことも。そのたび落ちこんだり泣いたりしながら、それでも辞めなかった。ハセくん、ハセくん、とみょうに俺になついてきた。なつかれたら俺も悪い気はせず、沖、沖、となにかとかまった。そのうち灰嶋さんから直々に「沖のお守り役はハセ」と指示が下った。

沖はしかし、どうしてもバカラのルールが覚えられず、ついにディーラーからウェイター兼小間使いに降格された。そこでもまた、どうしようもない失敗を繰り返した。従業員の弁当を買いに行かせれば階段でずっこけてなかみをぐちゃぐちゃにしてしまうし、ドリンクを運ばせれば五回に一回はこぼして客の服を汚す。あげく、キッチンの鍋を放置してボヤ騒ぎを起こした。思い出したくもない。客の怒号。どさくさに紛れて金を盗んだバイト。悪夢のような一夜だった。

「しめて二百万の損害だ」

灰嶋さんの怒りは相当なものだった。

「ほんとうにすみませんでした」

沖と一緒に土下座した。慕ってくれた沖をかばいつつ働きながら、実際にはけっこう甘やかしてしまっていたことを反省していたのだ。

「沖の失敗は、俺の失敗です」

俺は額を床につけていたせいで、「へえ。泣かせるね」と呟いた灰嶋さんがどんな顔をしていたのか知らない。そのあとすぐに灰嶋さんは沖だけを家に帰した。

どう思うハセ、と灰嶋さんは訊ねた。

「沖ひとりで、二百万返せるかな」

なあ、どう思う。煙草を深々と吸いこんで問う灰嶋さんは、ほとんど楽しそうにすら見えた。

「見た目はいいから、それなりに需要はありそうだけどな」

どこかに売り飛ばしでもするつもりかとたじろいだ俺に、灰嶋さんは「たすけたいだろ、あいつのこと」と煙を吐きかけた。

その翌日から、ふたりでイミテーションの宝石を売ることになったのだ。ハウスを辞めても依然として、灰嶋さんに支配されている状況に変わりはない。損害額が実際にきっかり二百万だったのかどうかはあやしい。多めにふっかけられている可能性もある。これまで役に立たない沖を雇ってやっていたので、迷惑料を加算して。

灰嶋さんはしかし、ちまちまとしたことが嫌いな人だ。「まとめて二百万返せ。期限は一年」と言い放った。利子はつけないというから、そこいらの借金取りよりはずいぶんやさしい。しかし顔がこわい。おまけにいつも地獄の番犬みたいな屈強な男をふたり連れている。たぶん、金には困っていないのだ。

首輪なのだ。俺たちを繋いでおくための。俺と沖は灰嶋さんに忠実な犬であることを示すために、なにがあっても二百万円を返済しなければならないのだった。

だがその借金からも解放される。

運転免許証はもちろん、健康保険証もパスポートも持っていないから、銀行に口座がつくれない。ホームセンターで買った金庫に金を保管し続けてきた。

鉄板の上でじゅうじゅうと音を立てるハンバーグと、黒い盆にのったまぐろアボカド丼が運ばれてきた。沖はコーンスープ（洋風）に匙を入れ、まったく音をたてずに口にする。それから大根おろしと大葉（和風）がのったハンバーグに、同じくごく静かな動作でナイフを入れた。

沖は頭が良くないくせにものを食う時の所作がきれいだ。もとはけっこう良い家の坊ちゃんだったと踏んでいるが、くわしくは知らない。一度訊ねたら「十八歳の時に両親は死んだ」とだけ答えた。あまり話したくなさそうに見えたので、それ以上の質問はしなかった。誰にでも事情はある。

テーブルに置かれた沖のスマートフォンのランプが点滅している。

「女からじゃないのか」

「んー」

返答というよりは、単に鼻から漏れた息のように聞こえた。

イミテーションの宝石を売りつけたあとは、いかにうまく女の前から姿を消すかが重要になる。はじまりより終わりが肝心だ。「最近忙しくて」というような曖昧な理由をつけ、徐々に距離を置いてフェイドアウトする、というのが好ましいのだが、ひとつ問題がある。さりげなく様子を窺うと、沖はやはり目に涙を浮かべていた。

「……お前さあ」

「わかってるってば」

ナイフとフォークを置いて、沖は紙ナプキンで洟をかんだ。鼻の頭が真っ赤になっている。

「僕がいなくなったら、えっちゃん、泣くかな」

「泣いてるのはお前だよ。落ちつけ」

毎回毎回、沖は自分が騙した女たちのために泣く。自分が去ったあとの女たちの気持ちを勝手に想像して、静かに涙を流す。

えっちゃん。ミキちゃん。あいちゃん。沖はいつも女たちに、かわいらしい愛称を進呈するが、今まで呼んできた愛称やひとりひとりの顔をすべて覚えているかはあやしいものだ。

「情がうつったか？　じゃあ、これからもあの『えっちゃん』とつきあうか？」

「……それはないよ」

存外あっさりと言い切って、ふたたびナイフとフォークを手にする。

箸（はし）を置いて、頬杖（ほおづえ）をつく。あらためて、まだ鼻をぐずぐず言わせている沖を眺めた。長いまつ毛がまだ涙で濡れている。陶器のよう、とはきっとこういう肌のことを言うのだろう。真っ白で、つるつるしていて、涙の雫（しずく）を宝石のように輝かせる。

出会った頃のままだ。壁の鏡に目をやって、そこにうつる自分の顔と沖を見比べる。俺が三十二歳だから、ふたつ年下の沖は三十歳。それなのに俺だけが年を取っていく。

「ハンバーグはうまいか」

「うん」

おいしい。沖は洟をすする。

「すごくおいしい」

「そうか。良かったな」

丼の残りを掻きこんだ。女のために泣く。女から騙しとった金で食うハンバーグをうまいと言う。どちらも本音なのだろう。やさしくて冷淡で、ずるくてまっすぐだ。

女は嫌いか。父からさっき問われたことをなぜか思い出す。女は嫌いだ。でも、男も嫌いだ。小学校の頃からずっと、男女どちらからも疎（うと）まれ、遠ざけられてきた。ハセは、いつも同じ服を着ている。無表情だからなにを考えているのか全然わからない。不気味だ。お父さんが働いてない。貧乏。そんな言葉はもう聞き飽きた。俺がこの世で好きな人間は、沖だけだ。今も昔も変わらず、ハセ、ハセ、とまとわりついてくる。

父と暮らしていたアパートの隣の家に犬がいた。きなこ餅みたいな毛色で、目がまるっこくて、俺が傍に寄るとすぐ腹を見せてきた。人間には疎まれるのに、なぜか昔から、犬や猫には好かれる。沖はあの犬みたいなところがあって、「ハセ、どうしよう」と不安そうな表情で見られると、どうにもほうっておけない。

ハンバーグ、おいしい。沖がまた同じことを言ったから、俺もまた、そうか良かったな、とさっきのように返した。メニューを開いて、頼みもしないパフェのページを眺めてひまをつぶす。

2

ファミリーレストランを出ると、沖はシェアハウスには戻らず、プレハブについてくると言う。

「荷物とかまとめなきゃいけないんでしょ。手伝うよ」

「たいした荷物じゃない」

スーツケースひとつで事足りる。父と暮らしていたアパートを出てから十数年、あちこち転々としてきた。荷物を増やさないようにしようと思ったことはないが、増えない。増えるような行動様式が身についていない。服にも装飾品にもインテリアにも興味がない。価値のありそうなものを手に入れたらすぐさま換金するし、そうでないものはいつのまにか失くしてしまう。

「ねえ、あれまだ持ってんの？　地球儀」

「持ってる」

俺の住処にある唯一のインテリア的なもの、それが地球儀だ。二十歳(はたち)の時に手に入れて以来、地球儀だけは失くしたり捨てたりすることなく、俺のもとにあった。時々、気まぐれにくるくるまわして遊ぶ。俺がいるこの場所からまず北京(ペキン)へとひとさし指を走らせる。それからハノイ、モスクワ、イスタンブール、地中海をわたって、サハラ砂漠の上をひとっとびして一気に大西洋まで。

パスポートは持っていないが、意識とひとさし指はどこへだって行ける。スタートはあるけどゴールはない。その旅はいつまでも、いつまでも、飽きるまで続けられる。

「はじめてハセの部屋に行った時、あの地球儀見て、あーやっぱりって思った」

「なんで」

「ハセ、頭良いから」

小学生の頃、頭が良いやつの勉強部屋の学習机の上にはかならず地球儀があったという沖の話に、プッと噴き出した。

「なんだそれ」

沖の小学校の同級生は、今頃きっと良い大学を卒業して、良い会社に勤めている。こんなところで俺みたいな高校にも行っていない男と一緒くたにされているとは思うまい。

ビルの階段をのぼっていく。管理人室のカーテンは閉まっていて、どうも父は不在のようだった。

階段をのぼっていく時、ざっ、という音がした。なにか違和感がある時、いやな予感がする時、いつも頭の中でその音が聞こえる。

靴底で砂利をこするような音。ざっ。また聞こえた。俺の前にいる沖に言おうとしたが、すでに階段と屋上を区切る扉を開けたところだった。

電気がついている。出てくる時に、たしかに消したはずなのに。鍵を閉めてきたはずの戸も開いている。というか、破壊されている。はめこまれたガラスが割られ、その破片が散乱していた。

外側に散乱しているということは、室内に入ってわざわざ内側から割ったということだ。

いったん下に戻るぞ、と沖の肩に手をかけたのと、扉が屋上側から引っぱられるのはほぼ同時だった。やけに図体のでかい男が立ちふさがる。わっと叫んだ沖の襟元をつかんで、屋上に引っぱりこんだ。つんのめるようにしてそのあとを追う。

「おい、やめろ」

でかい男は沖を引きずってプレハブ小屋に入っていく。俺のスーツケースに座っているらしい女の脚が見える。若干太めの。

「こいつだよな？」

男が沖の襟元をつかんだまま、上下に揺さぶる。

「そう」

脚を組み替え、「えっちゃん」が答えた。特徴のある、あの掠れた甘い声で。沖の隣で顔を上気させていた時とは別人のような顔で、俺を睨(にら)みつける。

「そいつを放せ」

でかい男は荷物でも扱うように沖を放り投げた。床に打ちつけられて背中を痛めたらしく、沖が小さく呻(うめ)く。

女は上体を傾け、手を伸ばして床に両手をついている沖の顎(あご)をつかんで顔を上げさせた。

「あんたいい根性してるよね」

「えっちゃん、これは……」

　沖がなにか言いかけたが、それ以上続かない。

「言っとくけど、最初に声かけてきた時からわかってたよ。おもしろいから騙されたふりしてただけ」

　くっくっと笑い、それから俺を見て醜く顔を歪める。

「なにがジュエリーデザイナーよ。バカじゃないの」

「いったん外に出てくれないか」

　その俺を無視して、女は言葉を続ける。

「まあ、いいひまつぶしになったけどね」

　連れて歩くにもちょうどよかったし。女は手を沖の首筋から胸へと移動させ、さりげなくさすった。

　羞恥に耐えるような表情で顔を背ける沖。バカ。沖のバカ。騙すつもりが騙されていたのか沖。いや俺も同じだ沖。完全にこの女をなめていた。こっちが騙されている可能性など、考えもしなかった。

　いつのまにか男が俺の背後に立っている。身長、百九十センチぐらいか。横幅もある。日常的に目にすることのないサイズ感で、こいつならプレハブの戸を破壊するぐらい簡単だろうとへんに納得した。

威嚇（いかく）のつもりか、首をこきこきと鳴らしている。こわくないけどな、と心の中で呟く。お前らなんか全然こわくないし。

「どうやってここがわかった？」

さきまわりして待っていたということは、今日以前にすでにこの場所を知られていたのだろうか。

ＧＰＳ、というかたちに、女の唇が動く。あわててポケットをさぐったら、「そんなとこに入れるわけないでしょ」と鼻の頭に皺（しわ）をよせた。アタッシェケースを持ち上げてみると、ライターより小さい装置がはりつけられている。

ピアスを落としたとかなんとか言って、テーブルの下でごそごそしていた時にやられたに違いなかった。

やけに手慣れている。こいつらは今までも同じようにして、近づいてきた男から金を脅しとってきたのかもしれない。火がついたように、耳や頰が熱くなる。

「私からとったお金、返してよ」

俺がなにか言う前に、でかい男が正面にまわりこんだ。拳（こぶし）が腹にめりこむ。ごふっという息が漏れた。撤回します。こわいです。殴られることに、いつまでたっても慣れない。

「僕の家にある」

床に這(は)いつくばったまま沖が叫ぶ。つ、連れっ、連れて行くからハセを殴らないで、と言う声だけでなく、全身が震えていた。本名で呼ぶなバカ。

「家ってあのきったないシェアハウス？」

女は顔をしかめて、蠅(はえ)を追うような仕草をする。もう沖の住まいまで知られてしまっている。

「嘘ばっかり」

スーツケースから立ち上がって、沖の背中を蹴った。

「やめろ」

女は乱暴に髪を掻き上げる。

「お金なんかどこにもなかった。あとあいつ何なの、日本語喋(しゃべ)れないの？」

沖の同居人にまでケチをつける。よせばいいのに沖が「ノ、ノイくんは関係ないでしょ」などとかばった。

男が俺の髪をつかんだ。つかみ返そうとしたが手が届かない。拳を振り上げた男が俺の頬を打つ、打つ、一回拳が下降してまた腹を打つ、胸を打つ、胃が肺が悲鳴を上げる。よろけた拍子に拳が左耳に直撃してキンと鳴った。鉄くさい味が口の中に広がる。どさっと沖の隣に倒れこんだ。

男が今度は、沖のほうに手を伸ばす。血が口の中にあふれる。男の片足にしがみついた。吐き出した血が、靴の甲を汚す。男は舌打ちして、俺の顎を蹴り上げた。

「ハセ」

涙声で俺を呼ぶ沖に囁いた。だいじょうぶだ、ぜんぜん、痛くないから。

それを聞いた女が男に目配せすると、男は沖を羽交い締めにした。動けない沖の目に、女はペンを突き立てる真似をする。何度も何度も。沖がひっと息を呑むたび、けらけらと笑う。

「はい、口開けて」

頬をつかんで、ペンを咥えさせている。喉の奥に届くように。それから横向きに寝かせた。沖は恐怖のあまり身動きがとれないようだ。

「今思いきり顔を蹴ったら、どんなことになるかなあ」

女が俺を見る。こんなことを言っていてもやっぱりその声は甘く、かえっておそろしい。

「もう一回訊くね。お金は、どこに隠したの？」

沖は昔から人懐っこくて、なにごとにも一生懸命で、だけどどんくさいからなにをやらせても失敗して、誰もが「おいおい勘弁してくれよ」という感じになるのだが、悪気がないことはわかっているし、基本的にやさしいので、文句を言う人間はいなかった。

でも沖には、致命的な弱点がある。他人の怒鳴り声を聞くと異様に怯えて動けなくなる。ほんとうに映像を一時停止したように、かたまってしまう。

暴力的なもの全般が苦手で、自分が殴られるのはもちろん、他人が痛めつけられるところを見ることにも耐えられない。だからその手の映画も見ることができない。

結局、俺は女に金庫を開けさせた。拳銃を咥えさせられて、というのならともかく、ペンだなんて。そんなみっともない最期を沖に迎えさせるわけにはいかない。

飲みこんでも飲みこんでもあふれてくる血を吐き出して、まだ沖を押さえつけている男を睨みつけた。こいつと女はできているのか、それとも単なる仕事のパートナーなのか、気を紛らわすためにそんなことを考えたがかえって胸糞が悪くなっただけだった。

十万、二十万、三十万。クリップでとめた札がどんどん女のバッグの中に押しこまれていく。五十万を超えた。

「おい」

声を発するや否や背中を蹴りつけられ、腹にまでびりびりした痛みが広がる。

「四十万は返すから、それ以上はやめろ」

男がまた俺を蹴る。今度は腹だ。踏みつけられた蛙の鳴き声みたいな、不細工な呻き声が漏れた。六十万、七十万、八十万。強欲な女だ。とうとう二百万すべてバッグにつっこんだ。

「慰謝料よ」

「こっちはどうする」

男がアタッシェケースを顎でしゃくる。

「宝石だろ？」

「ぜんぶ偽物よ」

偽物。自分たちのことを言われているような気がした。まともに働けない、かといって悪だくみも失敗する。どこに行っても、俺たちは偽物。

じゃあ、まぬけ同士、これからも仲良くね。去り際、女は薬指から指輪を抜いて、沖に向かって投げた。指輪は沖の脛（すね）に当たった後、床を転がってアタッシェケースにぶつかる。

やつらが去ると、部屋の中がしんとした。

「いやあ……」

沖がようやく、咥えていたペンを吐き出す。

「……とんでもねえ女だったたな」

ビルのオーナーの息子たちが見たら激怒するだろう。床は血だらけだし、プレハブの扉は壊されている。

「ハセ、ごめん」

「謝るな」

もう起こってしまったことだ。持ち去られた二百万円は沖が謝っても返ってこない。どうせなら取り返す方法を考えたほうがましだ。

「警察に行こう」

バカだと思っていたが、ここまでとは思わなかった。沖お前、と言いながら俺はあやうく噴き出しそうになる。そのことに勇気づけられた。噴き出せる程度の余裕がまだあるのだ。

「なんて言うんだよ。女から騙しとった金を逆に奪いとられました？」

「じゃあ、せめて病院に」

「保険証持ってない」

「どうすんの、その傷」

「自然治癒を待つしかないだろ」

もういやだー。沖がまた泣き出した。

「いつまでもビービー泣きやがって、赤ちゃんか」

時計を見ると八時近い。もう、あの薬局は閉まる時間だ。マットレスまで這っていく一メートルもない距離が、はてしなく長く感じられる。

「とりあえず寝かせてくれ」

とりあえず寝る。今日はもう疲れた。あとのことは起きたら考える。

「寝かせてくれ。長い一日だったんだ」

俺が言ってやると、沖は「映画みたい」としゃくりあげながらも、ちょっとだけ笑った。

3

目が覚めたら、沖は俺の足もとで眠っていた。俺のコートをかけぶとんがわりにしており、それでもやはり寒いらしく、ぎゅっと縮こまっている。沖、と呼ぼうとしたら喉の奥が痛む。無数の針でつつかれるような痛み。唾をのみこむとそれはサンドペーパーでこすられているような痛みに変わった。

なぜか頭もはげしく痛む。上体を起こすと背中にも激痛が走る。もう、痛くない部分がない。結局、無言で沖の背中を叩いて起こした。

「あ、起きた？」

沖と一緒に行くのははじめてかもしれない。開いている店より閉まっている店のほうがずっと多いアーケード街の端に、その薬局はある。

道すがら、沖が「もう偽宝石売るのいやだ」としきりに訴えてくる。

「ねー、もうやめようよー」

「いやって言ったって、どうするんだよ、金は」

「これから考えようよ、一緒に。きっとなんかあるはずだって」

聞こえなかったふりで流した。

なんか、なんてないよ。なにがあるっていうんだよ。他になにができるって言うんだ。だって俺たち、なんにも持ってないじゃないか。

薬局に近づいていくと、白衣を着たトクコが薬局のガラスを拭いているのが見えた。トクコが俺に気づいて「ちょっと、やっだ!」と叫ぶ。

「やだやだ、どうしたのよケンカ? なによこれいやだぜったいケンカでしょ」

雑巾を放り投げて、駆け寄って来る。沖をはじき飛ばしそうな勢いだ。

もう目のまわり真っ黒にしちゃって、あんたパンダ? パンダなの? あーもうやだやだ、あんたいくつよ? もう「やんちゃ」で済まされる年じゃないでしょうよ。あーやだやだ。大騒ぎしながら、トクコは俺をカウンターの前の黒い丸椅子に座らせる。

「一方的に殴られたんです、ハセはやってない」

見当はずれなかばいかたをする沖を一瞥し「この子、友だち？」と俺に訊ねる。説明するのが面倒で頷いた。

消毒液に脱脂綿をひたすトクコの芋虫じみた太い指を見る。また太ったようだ。白衣のボタンがぱつぱつになっている。

未亡人の、あの。

ひとりで薬局を切り盛りしている、あの。

世間のやつらは、いつもトクコの名前に薄幸そうな帽子をかぶせたがる。でも、トクコはその帽子を脱ぎ捨てる。ガラじゃないよと、大声でげらげら笑う。

父は、たしか俺が八歳ぐらいの頃にトクコにたかろうとして失敗している。トクコは父を「そんなにお金に困ってんなら、あんた行政のお世話になんないと」と市役所に引っ張っていこうとしたのだった。父は逃げたが、後日下校中に偶然薬局の前を通りかかった俺は捕まった。ランドセルを持ち上げられて、文字通りひっとらえられたのだ。

その時もトクコは「あんたこのあいだの子でしょ、やだやだちょっとそこ肘すりむいてんじゃないの。なにしたのあんた、やだやだちょっとこっちにおいで」とやかましく騒いでおり、心の底からうるせえババアだなと思った。

その時どうして怪我をしていたのかはもう覚えていない。闘争、闘争、また闘争の日々だった。誰も守ってくれなかった。相手は複数の時がほとんどだった。高学年になってからは殴られることはなくなったが、ただひたすら疎まれ遠ざけられる日々が待っていた。

その後もトクコは通りかかるたび俺を呼び止めた。試飲の栄養ドリンクがあるから持って行きなとか、おこわをつくり過ぎたから食べて行きなとか。野良猫に餌でもやっている感覚だったのかもしれない。

そのうち腹が減ると休みの日でも薬局の前をうろつくようになり、我ながらあさましかった。しかしトクコが市役所に連絡したせいで、俺と父が住むアパートにはたびたび民生委員が来るようになり、これには閉口した。

ありがたくてうっとうしい、という存在で、しかし気づけば結局またここに来ている。

「眞、あんたいくつになった」

背中に、湿布がべたっとはりつけられた。

俺が小学生の頃は今ようやくおばさんの入り口に立ちましたという雰囲気だったトクコも、いまや堂々たるおばさんのベテランで、風格のようなものすら漂わせている。

「三十二」

もう、いいかげんしっかりしなきゃいけない年齢だよねえ、とトクコは大袈裟にため息をつき、なぜか沖がきまりわるそうに俯いた。

だが「しっかり」は顔の皺やシミや腹回りにつく脂肪とは違う。加齢とともに自然に備わっていく類のものではない。学校をきっちり卒業して就職して経験を積み人間関係を学び、あるいは結婚して子どもができて親の気持ちを知るなどして、一段ずつ階段をのぼるようにして、年齢相応の「しっかり」を手に入れてるんじゃないのか、みんな。俺みたいに十代から変わり映えしない日々の連続で今日まで来た男が、世間並みにしっかりしているほうがおかしい。

「トイレ、いってくる」

沖が俺を支えようとしたが「ひとりで歩ける」と断った。

トクコはそんな沖に「あんた血圧低いでしょ、顔みたらわかる」と鉄分入りのドリンクを飲ませようとしている。

この薬局の中にはトイレがない。商店街の共同トイレまで歩かなければならない。背中も口の中も相変わらず痛む。さっき飲んだ鎮痛剤はどれぐらいで効いてくるのか。はやく、効け。はやく。

薄暗い共同トイレに足を踏み入れると、芳香剤の人工的なレモンの香りでは到底カバーしきれない強烈な糞尿の臭いが鼻を刺す。いちばん手前の小便器の前でファスナーをおろした瞬間、誰かがトイレに入ってきて、俺のななめうしろに立った。

「よう、ハセ」

灰嶋さんだ。声を聞いただけで、尿意が消滅する。

「おはようございます」

この人に会うと、店での挨拶の習慣で、反射的にそう言ってしまう。

「小便が終わるまで外で待っている」

灰嶋さんが言う。じゃあ最初から外で待っててほしい。そして尿意を返してほしい。

「いや、もうだいじょうぶです」

トイレの両脇に、地獄の番犬のようなふたりが立っていた。灰嶋さんの忠実なるしもべである、同じぐらいの背丈の、同じぐらい凶悪な顔面のふたり。名前を何度聞いても忘れるので、勝手にその1とその2と呼んでいる。

「まあ座ろうか」

商店街の中央にある円形の「ひろば」と呼ばれる空間に、灰嶋さんと俺は歩いていく。その1とその2は安い靴の底をざっしゅざっしゅと鳴らしながらあとをついてくる。

丸い花壇を囲むように設置されたベンチに腰を下ろして、灰嶋さんは薄い唇の両端を持ち上げた。

「座れ」

灰嶋さんはいつも灰色のスーツを着ている。名前に合わせているつもりだろうか。それは別にいいのだが、毎度ネクタイの柄が異様に気持ち悪い。赤と黒のまだら模様の蜘蛛が大きく描かれていたり、金糸でへんなムカデみたいな虫が刺繡されていたりする。いったいどこで買ってくるのか、ふしぎでならない。

今日のネクタイは深緑一色で、わりと地味だなと思いながらよくよく見たら無数のカマキリの模様だった。カマキリがひしめく様子がほんとうに気持ち悪くて吐きそうになる。見なきゃよかった。

若い頃なんとか連合というのに入って、粗暴・残虐きわまる青春をおくっていたとか、高校生の時に女子高生をあつめて売春組織みたいなものを運営していたとか、自宅の庭に育ててはいけない植物を育てるための温室を持っているとか、そういう噂がいっぱいある人だ。

真偽のほどはわからない。十年以上にわたって雇われているが、わかっているのは年齢が四十代なかばということぐらいで、結婚しているかどうかも知らない。どこに住んでいるのかも。

しかし灰嶋さんは「なんか、感じ悪い」や「なんか、かわいくない」などの、周囲の人間が俺を疎んじる際によく用いる曖昧な表現をいっさい口にしたことがない。ただ俺の仕事ぶりだけを、可、不可、と判断するだけだ。だからこの人の下で働くのは、気が楽だった。こわい思いもそれなりにしたけど。

「年寄りばっかりだな」

広場のななめ前に乾物を売る店がある。そこに手押し車を押してやってきた客も、昆布をすすめる店主もどちらも老人だ。

死にゆく生きもの、と灰嶋さんが呟く。そのふたりに向かってというよりは、商店街ぜんたいへの発言なのだろう。

「ハセ」

この目は銃口だ。こちらに向けられた瞬間、身動きができなくなる。

「二百万のことなんだが」

「ええ、ああ、ええ」

「期限は一年。ちょうど来月だったな」

「ええ、そうですね」

灰嶋さんがかすかに目を細める。

「ちょっと金のいる用事ができたから、今週中に返してくれないか」

「……金のいる、用事、ですか」

「コロンビアに行くんだ」

「コロンビア、ですか」

またバカみたいに繰り返す。

「コロンビアはいいぞ」

「いいんですか」

なにがいいのだろう。食べものがうまいとかきれいな女が多いとか、そういうことだろうか。しかし灰嶋さんはただ「うん。コロンビアは、いい」と繰り返しただけだった。

「なるほど、コロンビアはいい、なるほど」

深呼吸をした。言わなければならないことがある。言わずに済むならそうしたいが。

「……金のことなんですけど」

昨日の経緯を俺が話すあいだに、灰嶋さんはふところから電子タバコをとりだした。その1とその2の姿が見えないと思ったら、すこし離れたところで缶コーヒーを飲んでいた。映画に出てくる悪党の手下は常に直立不動で控えていたりするが、やつらは自動販売機の中にはってあるコーヒーの広告のポスターの女優の顔を指さしてニヤついている。

「それで、そんな面になったわけか」

灰嶋さんは表情を変えなかった。いつもそうだ。感情むきだしで失態をなじったり、怒鳴りつけてきたりはしない。「起こってしまったことは、どれほど騒ぎ立てても取り返しがつかない」というわけだ。

「で？」

怒鳴りつけられるよりおそろしいのは、この「で？」だ。口もとはあくまで微笑(ほほえ)んだまま、目を鋭く光らせている。で？　どうする気かな？　ハセは。

「すみませんがあと一年待っ……」

歯を食いしばって痛みに耐える。太腿(ふともも)に灰嶋さんの拳がめりこんでいた。中指にはめられた指輪の尖(とが)った部分がぶあついデニムの生地をつきやぶる勢いで皮膚を刺す。

灰嶋さんが、おそらく苦悶(くもん)に歪んでいるであろう俺の顔をのぞきこむ。ふしぎな瞳の色だ。周辺はグレーがかっていて、瞳孔に近いところは明るい茶色。最初の頃はカラーコンタクトを入れているのかと思っていたが、のちに違うと知った。日本人にもまれにこういうめずらしい瞳の色を持つ者がいる。「ヘーゼル」と呼ぶのだそうだ。

「言っただろう、コロンビアに行くんだよ」

コロンビアの美しい蝶(ちょう)には金がかかる。灰嶋さんはなにやら隠喩じみた言葉を発する。意味を知りたいが、知りたくない。

「と、取り返します」

「へえ、どうやって?」

「どうにかして」

「騒ぎは起こすな」

「わ、わかってます」

「取り返せなかったらどうする」

「違う方法で稼ぎます。な……なるべく……はやく」

息も絶え絶えにそう約束すると、灰嶋さんが「良い子だ」と頷く。異様に渋い声で「良い子だ」と来た。沖がこの場にいたら「映画みたい」と思ったかもしれない。

ようやく俺の膝(ひざ)の上で拳を動かすのをやめてくれた。スーツの上に羽織った黒い革のコートの襟を正して、立ち上がる。その1とその2が缶を道路に放り投げ、駆け寄って来た。

「沖によろしくな」

あの薬局でまむしエキスでも買ってやれ、などと言う灰嶋さんは、いったいどこから俺たちを見ていたのだろう。

ビルを出たところか。それとももっと前か。もしかしたら昨日の出来事からなにからすべて知っていて、たとえばあのプレハブ小屋もだいぶ前から盗聴かなんかされていて、あえて今日、揺さぶりをかけてきたのか。

「沖には会わないんですね」

「沖と喋るのは面倒くさい」

沖はいつも灰嶋さんの前に出るとチワワのように震え出す。

「あいつを見ているとまるで自分が極悪人みたいに思えてきて、心が痛むよ」

自分は悪人ではないと思っているらしい。びっくりだ。

「会ったほうがいいなら、今からお前と一緒に薬局に行こうか」

「いいです。あんまりこわがらせないでやってください」

「お前はいつでも沖、沖だな」

口調にわずかな苛立ちが混じっていたのは、気のせいだろうか。灰嶋さんの後ろ姿を見送ったら、へなっと膝の力が抜けた。ベンチにへたりこんで、頭を抱える。

考えなければ。なんとかしてあの女をとっつかまえなければ。まずは沖を説得しなければならない。今朝はもうこりごりという様子だったが、しかし「こりごりだからもう降ります」とは言えないのだ。俺たちは俺たちの人生から降りられない。すでに飽きているとしても、積極的に終わらせたいわけではない。

どんよりした気持ちで薬局に戻ると、沖の他に爺がふたり来ていた。ひとりは血圧をはかっていて、もうひとりはトクコからなにか緑色のどろどろした気色の悪い液体を飲まされている。

「遅いよハセ」

スツールの上で、沖は足をぶらぶらさせていた。爺ふたりはでかい声で、さかんにトクコに話しかけている。膝が痛いの、野菜が高いのととりとめなく、際限なく。

昔からこの薬局は年寄りの溜まり場だった。トクコがまたいちいち親身に話を聞いてやるせいで、さらに年寄りが増える。あいつらによく「トクちゃんの隠し子じゃないの」などとからかわれて居心地の悪い思いをした。

「他に行くとこがないんだろうな」

「さびしいんだよ、きっと」

さびしさは利用できる。そう思った時、背筋が伸びた。さびしさは利用できる。かつてそう言ったのは、誰だったか。

俺だ。この俺だ。

名を呼ぶと、沖はいつものように「んー」と鼻から息を漏らす。

「女騙すのはもういやなんだろ、お前」
「いやっていうか、こわいんだけど」
これからは年寄りだ。俺は小声で言って、血圧が上がったの下がったのともりあがっているジジィども、を顎でしゃくった。これからは、年寄りだ。

4

ショッピングモールのど真ん中には「ひろば」と呼ばれる空間がある。吹き抜けになっていて、暴力的に明るい。土日は子ども向けのイベントが開かれるが、平日の昼間は行く場所のない年寄りどもが自動販売機で買った百五十円のコーヒーで何時間でも粘っている。

この二週間近く、モップで床を拭きながら、やつらの会話を盗み聞きしてきた。どんなことで日々、悩んでいるのか。どんなことに不安を感じているのか。どんな不満を抱えているのか。人の弱みにつけこむのが詐欺の基本だ。やつらの弱みはすべて知っておかねばならない。モールはかっこうの情報収集の場だ。清掃員という仮の姿に身をやつしてきた甲斐があった。

年寄りは、実にさまざまな種類の不安に苛まれている。老化による不調の種類は多岐にわたる。知り合いはどんどこ死んでいくし、孤独死はおそろしいし、子どもや孫は自分のことで精いっぱいで訪ねて来てもくれないしと、つけこむ隙が多過ぎる。無数のビジネスチャンスだ。なぜ今まで年寄りに目を向けなかったのだろう。

広場の空気は、爺や婆どもの飲んでいるコーヒーや、食品売り場で買ってきた惣菜や、あとはなにがなんだかわからないものの匂いが混じってどんより重たく、足元に沈む。コーヒーは百五十円という値段だけのことはあり、カップの底が見えるほど薄くて胃にやさしそうだ。

プレハブ小屋を追い出された俺はいったん沖のシェアハウスに身を寄せたが、すぐに出た。あの女と連れの男がプレハブ小屋に来る前にシェアハウスをひっかきまわしていったことで、同居人のノイくん他数名がたいへんに怒っていたからだ。畳までひっぺがしていったらしく、ノイくんに母国語で罵倒された。内容はもちろんわからなかったが、たぶん百回死んで百回地獄に落ちろこのクソどもがみたいなことを言われていたはずだ。

結局、会社の寮に入った。先住者はふたり。若いのと中年と。

ふたりはのりたまの容器をシェアしたり交替でコインランドリーに行ったりしてそれなりに仲良くやっているが、俺とは口をきかない。べつにそれで、かまわない。孤立するのには慣れている。

今日は、沖からティッシュ配りは休みだと聞いている。出かける、と言っていたがどこに行くのかは知らない。昔から時々そうやってふらっといなくなって、また戻ってくる。友だちと会っているのかなと最初は思っていた。友だちがいない俺に気を遣ってそれを隠しているのかと。でも、そうでもないらしい。

つくづく俺は沖のことを知らない。ブロッコリーは好きなのにカリフラワーが食えないとか、米麹(こめこうじ)を「こめめん」と読んでしまうぐらい漢字に弱いとか、そういうことは知っているが、どんな町で生まれ育ったとか、きょうだいの有無とか、そんなことはまるっきり。訊かなかったから知らないのはあたりまえだが、もうすこし話を聞いておけばよかった。

分別(ぶんべつ)ゴミ箱からペットボトルがあふれて、ころがっている。新しいゴミ袋をセットしている脇から、強烈な柔軟剤の香りを漂わせる女が丸めたティッシュを投げこんできた。背格好が俺たちから二百万をもぎとったあの女に似ている気がして、急いであとを追いかけようとしたが、振り返った顔はまったくの別人だった。

殴られた翌日、あの女のマンションに行ったが、もぬけの殻だった。職場であると聞かされていた病院に行っても、そんな女はいないと言う。完全にしてやられた。

二百万円。二百万円。ぶつぶつと口の中で繰り返す。はやいところ手に入れなければ。

清掃の仕事を終えて、その足で薬局に向かう。婆さんがレジの前に陣取って、トクコ相手に膝が痛いのなんのと訴えていた。

今までよく見ていなかったが、レジの脇にさまざまなパンフレットがある。そのうちの一冊、「骨粗しょう症ハンドブック・じょうぶな骨でいきいき長寿ライフ！」を手にとって読んでいると、また新たな爺がやってきた。毛玉だらけのフリースにくたびれたサンダル。爺と婆は知り合いらしく、挨拶を交わしている。

「あんたお腹減ってない？」

婆が爺のほうにいってしまったので、トクコは俺に話しかける。

「減ってない」

骨粗しょう症ハンドブックから目を上げずに答えた。このおばさんは今も俺を腹を空かせた小学生のように扱う。

「あんたもカルシウムとらなきゃだめよ」

どん、とでかい瓶をカウンターに置く。

「食べなよ」

カルシウム配合のグミだとかいう得体の知れないものを、しきりに食えとすすめてくる。

「いらないよ」

「食べなって!!　いいから！」

しかたなく口に入れた。駄菓子みたいな安い味を舌の上で持て余す。

「ああいう婆さんどもに食わせろよ」

「そうなの、カルシウム系のサプリメントは年配の人によく売れるのよ」

ほんの一瞬、トクコが商売人の顔になった。

「そっか、やっぱコツショショウショウがこわいんだな」

骨粗しょう症、とただしく発音できなかった。

「そうよ。骨折してそのまま寝たきりとか、よくある話なんだから」

なあ、とカウンターに身を乗り出す。

「年寄りって不調と不安でいっぱいだよな」

もちろんよ、とトクコは頷く。

「けっこう、そういう話聞かされるだろ、ここで。どんなこと喋ってんの、あいつら」

「施設に入りたいって人が意外と多いのね。よるとさわるとそんな話」

トクコの言葉に、そう、そういうのだよ、とカウンターをばしばし叩きたいような気持ちになる。そういう情報をもっとくれよ。

「施設？　老人ホームとか？」

「うん。でも、空きがなかったりしてね、むずかしいみたいよ」

ご近所のおばあちゃんは、なんだかけっこう高いお金払って紹介してもらった、とか言ってたわね、とトクコが頰に手をあてる。老人ホームの仲介業者というものが存在するらしい。

それだ、と叫びそうになった。それだ、それでいこう。

「急にどうしたのよ」

「べつに」

背後の爺婆の会話も盗み聞きしなければならないので忙しい。年金、支給、という単語を耳が拾う。

けど善一郎(ぜんいちろう)さんは、不労所得があるでしょ、と婆が言うのが聞こえた。へっへっ、と爺が笑う。我慢できずに振り返った。不労所得？　あのみすぼらしい爺さんが？

爺は駅前に土地を持っていて、その地代の収入があるという。

「でも、その金には手をつけずに、貯めてんだ。俺の孫なあ、医者になるんだよ。進学資金っていうの、その時がきたら援助してやろうと思ってんの」

なるほど。なるほどなるほど。はげしく頷きたい衝動を必死に抑えこむ。その貯金、俺がいただきましょう。

爺は喋るだけ喋って、なにも買わずに薬局を出ていった。

「また来る」

よと、よと、よと。爺の歩行に効果音をつけるとしたら、きっとそういう表現になる。薬局の前に停めた自転車にまたがったが、ふらふらしている。俺が早足で歩いて追いつける程度のスピードで、自転車は進んでいく。しばらく走って、スーパーに入っていった。

会計を済ませ、レジから離れていく姿を目で追う。口が開いたままの小銭入れを手にした爺は、サッカー台にカゴを置いた拍子に盛大に小銭をぶちまけた。

硬貨が床を打つ、すこぶる耳障りな音が店内に響き渡る。近づいて、拾ってやった。

「すまないね」

萎(しな)びた手に小銭を置いてやろうとすると、巾着(きんちゃく)型の小銭入れをひろげて「ここにいれてくれ」と頼んできた。

「いいですよ、もちろん」

横目でカゴのなかみをチェックする。買ったものは豆腐と食パンと一リットルの牛乳。なるほど、つつましく暮らして、たっぷり貯めこんでいるわけか。

スーパーを出た爺は、自転車にまたがろうとして、ふらついた。急いで駆け寄って支える。

「どうもいかん」

ぼやいたのち、爺は口を動かす。そうすればうまいこと自転車に乗れると思っているかのように、懸命に、もぐもぐと。

「今日は自転車に乗るのはあぶないかもしれませんよ。風が強いので」

言った直後に、びゅうと風が吹く。どこからか飛んできた白い花の花弁が足元で舞った。良かったら家まで自転車押していきましょうか、という俺の申し出を、爺は存外あっさりと受け入れた。どうも、どうも、とにこにこしている。

爺は「足腰の丈夫さが自慢だったが数年前に足首を骨折してからこっちのろのろとしか歩けなくなって参る、思うように動けないから気が滅入る」というようなことを歩行速度と同じぐらいのろのろとしたテンポで喋った。

あんた、どっかで前に会ったかね、と爺が首を傾げる。どうでしょう、と微笑んだ。

「仕事がら、たくさんのかたとお会いするので」

仕事、と口の中で呟いている爺に「老人ホームを紹介する会社をやっているんです」と畳みかける。老人ホーム、という単語に爺がかすかに反応を示した、ように見えた。へえ、と頷いて、まじまじと俺を見る。皺にうずもれた細い目が、さらに細められた。

「他にも、年寄……シニア向けのありとあらゆるサービスをやっておりまして」

「へえ」

「地域の、シニアのかたとたくさんお話しして、どんなことに困っていらっしゃるのか、知りたいと思っています」

へえ、へえ、と爺は頷く。ほんとにわかってんのかよ。

「あんた、名前はなんだったかね」

とりあえず「布施(ふせ)です」と名乗った。偽名を使うにしても本名に近い名前のほうが、呼ばれた時に返事がしやすい。名刺を用意しておくべきだな、と頭の片隅にメモする。

爺は角を曲がって、公園裏のアパート、いや長屋と言ったほうがいいような瓦屋根の建物の前で立ち止まる。自転車はそこの、そのへんの、そう、そこに停めて、いやそこじゃない、そう、そこだ、とやけに細かく駐輪場所にこだわった。

「ところであんた、ボランティアの人だったかな。市のほら、あれだろ」

「いいえ、違いますよ」

「ああ、そうだったそうだった、そうじゃないかと思った」

ちょっと待っててくれよ。俺から買い物袋を受け取った爺は部屋の中に入っていく。玄関戸の脇の『柳本善一郎(やなぎもとぜんいちろう)』という表札を確認した。他の家族の名はない。善一郎。人の良さそうなこの爺さんにぴったりの名前だった。

長屋の玄関には、椅子や扇風機が置かれていた。茶色く砂で汚れているから、何年もここに置かれたままだとわかる。その椅子にもたれかかるようにして骨の折れたビニール傘があり、寄り添うように植木鉢があった。もうなんの植物なのかもわからない、枯れた葉っぱがプラスチックの白い鉢にへばりついている。

「これ、持って行ってよ」

ビニール袋に入った缶の緑茶と、のど飴二個を押しつけて来る。いらねえよこんなもん、と思いながらも受け取った。うわーありがとうございます、のどがかわいてたのでちょうどよかったです、と礼を言うことも忘れない。

「これ、ゴミですか？」

椅子を指さすと、善一郎が頷く。

「ああ、そうだよ」

有料ゴミのシールをはって、市役所に電話をして、回収に来てもらわなければならないのだがそれが手間だ、ということらしい。だいいちゴミ置き場がちょっと遠くて、これらを担いでいけそうにない。だからなんとなくここに置きっぱなしになっている。

「クリーンセンターに持って行けばいいのに」

この脚じゃなあ、と善一郎が自分の太腿を軽く叩く。

「良かったら今度、俺がこのゴミ、片づけに来ますよ」

「いいのか？」

もちろん、と頷いた。もちろん、いいに決まってるじゃないか、このバカめ。

「また来ますね、善一郎さん」

5

ちょろい。年寄りちょろい。こみあげる笑いを抑えきれない。なんと警戒心のない生きものなのか。

振り込め詐欺が跋扈するわけだ。沖の電話を受けた俺の声は、自分でも呆れてしまうぐらい弾んでいた。

シェアハウス近くの喫茶店で待ち合わせることを約束し、電話を切る。到着する前に、反対方向から歩いてくる沖の姿が見えた。

「ハセ、なんかうれしそう」

「まあな」

テーブル席は埋まっていた。カウンターに座り、ふたりそろってナポリタンを注文した。

「どれぐらいお金持ってるの、その人」

俺の話を聞き終えた沖が、首を傾げる。

「けっこう貯めこんでるはずだ」

フォークを握ったタイミングで、ちょうどナポリタンが運ばれてくる。できたてのはずなのに湯気のひとつもたっていないのはどういうわけだろうか。五口ぐらいで啜(すす)り終わって隣を見たら、沖はまだ半分も食べていなかった。フォークに巻きつけては、ちまちまと口に運んでいる。

手持ち無沙汰(ぶさた)になって、誰かがそこに置きっぱなしにした新聞を広げた。ろくなことが書いてない。政治家への献金、ハンバーガー屋の業績不振。

「あとでそれ、僕にも読ませて」

「なんでまた」

これまで沖が新聞とか本どか、そういったものを読む姿を見た記憶がない。

「読むことにする、今日から」

「なんで」

「賢くなりたいんだよ」

「沖、お前はほんとうは賢い子だよ」

あくび混じりにぺらぺらめくる。

「ノイくんはいつもネットのニュース記事を読んでるんだよ、もちろん日本語のだよ」

「またノイくんの話かよ」

「すごいよね。勉強して働いて、そんで家族に送金してるんだよ。えらいよね」

「……そうだな、えらいな」

頭が下がるよ、という俺の言葉は実にしらじらしく響いた。遠い、遠い世界の話だと感じる。外国人だから遠いというわけではなく。

「それより今は柳本善一郎だ」

善一郎は四十代の時に離婚している。息子がひとり、その息子のもとに生まれた孫ひとり。近所との交流も少ない。

「あいつにはとりあえずこれを買わせる」

カルシウムのサプリメントの瓶をポケットから出して、カウンターに置く。駅前の激安ドラッグストアで、千円もしなかった。

「いくらで売るの」

「五万円、だな」

「五万円かあ」

沖がため息をつく。そんなちまちま稼いでてだいじょうぶなの？　とでも言いたげに。

「まずこれで、見たいんだよ」

善一郎がどの程度に単純な人間か。口車に乗せられやすいか。

「まず、ゴミ掃除だな」

「掃除してあげるの？」

やさしいね、と感心する沖の無邪気さが、もどかしくも微笑ましくもある。

「そうやって、断れない状況をつくるんだよ」

紙ナプキンを一枚抜いて、そこにボールペンで「負い目作戦」と書く。作戦名が安直なのは許してほしい。これからおおいにあいつの世話を焼いてやることにする。そうやって懐に入りこむ。善一郎が望むなら肩だって揉んでやろう。「こんなに親切にしてもらってるのに」という負い目が、俺の頼みを断りづらくさせる。

「最終的に、これだ」

スマートフォンを操作して『介護付き有料老人ホーム・染雨荘』のサイトのトップ画面を表示させる。老人ホーム紹介業、という職業がこの世に存在することについて説明する。

紙ナプキンをもう一枚とって「指令」と書いた。指令、老人ホームに就職せよ。沖の前にすべらせた。

「え、僕が？」

「そう。染雨荘でなくてもいい。とにかく、バイトでいいからどこかの老人ホームで働け」

「なんで？」

なんでって、と言葉につまった。どこからどこまで説明してやればよいのか。

「諸々やりやすくなるからだよ」

「そういうもん？」

「もちろん」

ふうん。沖はようやく頷く。

「わかった。求人を見つける」

捨ててしまえばよいものを、まじめな顔で指令の書かれた紙ナプキンをポケットにしまっている。

「ねえ、ハセ。もうひとり騙したい年寄りがいるんだけど」

「え、だれだれ。どんなやつ」

思わず身を乗り出した。沖が自らターゲットを見つけてくるなんて、めずらしい。

「爺さんか？」

「ちがう、お婆さん」

夫と死別しているが、夫婦ともに地方公務員として長年働いており、それなりの貯えがある。独身の息子がひとりいる。

「老人ホーム紹介でいけそうか」

俺が言うと、沖は首を振る。

「ほら、よくあるでしょ。お宅の息子さんが会社で使いこみをしまして、ってやつ。あれ、やりたいんだ」

「振り込め詐欺？　いくら年寄りでも今時あんなのにひっかかるかな」

「家に行くんだよ。実際に息子を連れて行って、息子の口から頼むんだ。そしたら、ほんとのことだって思うはずだよ」

「その息子になんて言うつもりだよ。お前の母親を騙すから、協力してくれって？」

噴き出しそうなのをこらえた。しかし、沖はいたって真剣な顔で頷く。

「ここにいるから、その息子」

「……は？」

「だからその息子は、ここにいる」

そのお婆さん、僕のお母さんだから。信じがたいことを口走る沖の唇が、うっすらと白くなる。

6

親は死んだって聞いてたけど。あの日、びっくりしてそう言ったら、沖は「嘘ついてごめん」と小さく頭を下げた。

駅のトイレの鏡にうつる俺のネクタイは不細工に歪んでいる。

「ハセ、こういうのは不器用なんだね」

「まあな」

内ポケットに手をやって、名刺を今一度確認する。染雨老人ホーム紹介センター・布施正人。思いっきりベタな社名にしてみた。わかりやすくてダサいぐらいのほうがいいのだ。

今から俺たちは、沖の母親から金を騙しとる。これは復讐だ、と沖は言った。そして沖が復讐を願うならば、俺は手を貸さないわけにはいかないのだった。

重そうだね、と沖が見つめる俺のかばんはあちこちほつれて、スーツにまるで似合わない。

「寮に置いとけなくて」

寮の先住者であるあのふたりは、信用ならない。俺とぜったいに口をきこうとはしないくせに俺への興味はあるらしく、このあいだトイレに立った隙にスーツケースのなかみをのぞきこんでいた現場を押さえた。なにしてんだ、と怒鳴ったが首をすくめているだけで、あまりの反応の鈍さにかえってぞっとして、それ以上怒る気にもなれなかった。偽の名刺、偽の宝石。見られては困るものが多過ぎるので、こうして持ち歩いているのだった。

ははは、と笑う沖の横顔がわずかにこわばっていた。俺以上に緊張しているのかもしれない。

電車で五駅。「沖」と表札の出た家の前に立つ。しばらく言葉が出なかった。豪邸ではないが、立派な家だ。二階建ての、庭付きの。

「すごいな」

「そう？　そんなことないと思うけど」

首を傾げる沖に、隔たりを感じる。育ちが違うのだと、あらためて思い知らされた。

時刻は十五時。気を取り直し、沖と顔を見合わせて、どちらからともなく頷き合う。

「じゃあ、行くぞ」

チャイムを鳴らそうとした時、家の中から大きな物音がした。男の声もする。ふたたび顔を見合わせた。チャイムを押すが、反応はない。

玄関の戸に手をかけると、鍵はかかっていなかった。玄関に男物の靴が二足、脱ぎ散らかしてある。

「あーお母さん、もーだめだわ、この家は」

部屋の奥のほうで、野太い声の誰かが喋っている。廊下に佇んで、しばらく様子を窺う。

居間らしき部屋に続くドアが開いていて、スーツの上から水色の作業着を着こんだ男たちが壁をばしばしと叩いているのが見えた。

「壁も床下の柱も、ぼろぼろに腐っちゃってるわ。白アリですよ。知ってます？　お母さんこれ、あと二年もすれば住めなくなっちゃうよこの家。ねえお母さん」

沖の母親はどこだ。男の図体がむだにでかいせいで見えない。でも、とか、今すぐには、というようなかぼそい声が聞こえた。

いやいやいや、と男が大声で遮る。

「お母さん、そんな悠長なこと言える状態じゃないって、この家ぼろぼろなんだって、白アリがお母さん、うじゃうじゃいるんだって。今すぐ対策しなきゃ、地震来たら一発でアウトだよ」

お母さん、お母さん、と男は繰り返す。お前のお母さんじゃねえだろうが。

「なにやってんだあんたら。人の家にあがりこんで」

大声で怒鳴りつけたら、男たちはぎょっとしたように振り返った。人の家に勝手にあがりこんでいるのは俺も同じなのだが。

小柄な、白髪の女が見える。これが沖の母親か。俺の背後の沖に気づいたらしく、目を丸く見開いた。

「帰れ」

「えーと、息子さんですか？」

さっきまで横柄な口調だった男が突然背中を丸めるようにして喋り出す。年寄りには強気で行くが、同年代の男には下手に出るらしい。

「そうだ。息子だ」

沖の母が口を開きかけたが、俺と目が合うと黙る。それでいいんだと小さく頷いた。なにも言うな、今は。

「あー息子さんですか、そうですか、そうですか」

実は私ども白アリ駆除の者でして、今日はこのへん一帯無料点検サービスを実施しておりまして、お得なキャンペーンの案内をですね、という流暢なトークをぶったぎって

「帰れ」と繰り返した。

帰れ。それ以上の言葉は必要ない。帰れ。無表情で繰り返す。

男たちを追い出し、玄関の戸を閉める直前、舌打ちが聞こえた。追いかけて背後から頭をはたきたい衝動に駆られる。二度と来るな。俺たちの獲物に手を出すな。

居間に戻ると、沖と沖の母がダイニングテーブルで向かい合って座っていた。沖はすこし青ざめている。

「遼太郎、あんたなにしにきたの」

「こちら、布施さん」

沖は母親の言葉を無視して言い、沖の母は眉間にぎゅっと皺を寄せる。なんだなんだ、この険悪なムードは。

「勝手に入って来てすみません。話し声が聞こえてきて、なんとなく嫌な予感がしたので」

さっき助けてやったのはこの俺だと、あらためて思い出させてやらなければならない。

沖の母は青ざめたまま小さく肩をすくめる。

「……お茶を淹れましょう」

台所に入っていく母を見ている沖の瞬きが高速過ぎて、ほとんど目を閉じているようにすら見えた。頬はわずかに青ざめている。いいぞ、いい表情だ。使いこみをしたばかな息子の雰囲気がよく出ている。

「実は、沖くんが会社の金に手をつけてしまいましてね」

重々しい口調で切り出し、緑茶に口をつける。やたら時間をかけて淹れられたわりにはやけに薄い。沖の母が「えっ」と声を裏返らせる。

んー、と小さく唸ってから、こめかみを掻いた。

「うちとしては、あんまりおおやけにしたくない。沖くんはこれまでずっとまじめに働いてくれたスタッフです。なにか事情があるんでしょう。ですが、悪いことは悪いことです。そうですよね、お母さん」

ねえ、と顔をのぞきこむ。わずかに青ざめているが、表情に変化はない。沖が黙っているので、テーブルの下で足を蹴った。

「お母さん、ごめん」

機械仕掛けの人形のように、ようやく沖が頭を下げる。

「二百万円です」

緑茶をひとくち飲んで、三秒数えた。もう一度沖の足を蹴る。ここで沖が必死で頼む筋書きになっていた。お母さんごめん、一生のお願いだ、たすけてほしい。実の息子にそんなことを言われて平気でいられる母親などいない。さあ言え。耳を触って合図を送るが、沖は真っ青な顔で唇を震わせている。しかたなく、口を開いた。

「人によっては、二百万円ははした金なのかもしれませんね。けど、我々のような中小企業にとっては、大金ですよ。二百万の売上をあげるのに、どれだけの時間と労力が必要か。……ああ失礼、お母さんはたしかずっと小学校にお勤めされてたんでしたね。公務員さんか……ちょっと民間の感覚はおわかりにならないかもしれませんね、ええ。我々民間は、利益を出すのに必死なわけです。それこそ死にものぐるいだ。二百万円。大金ですよ。だけどそう、沖くん、沖くんは幸せものですね。頼れる家族がいる。あやまちをおかしても、それを正してくれる家族がいる、素敵なことだ。私は母親の顔を知らずに育ちまして……沖くんがうらやましいですよ。お母さん、そういうわけで……」

「お帰りください」

沖の母がぴしゃりと言い放つ。

「へ」

とてつもなくまぬけな声が出たが、それを恥じる余裕はない。

「ですから、お帰りください。十年以上会っていなかった息子のために、なんで私がそんなこと」

死んだものと思って生きてきたんです、ずっと。沖の母は台所に入っていって、俺たちに背を向けた。なにかふきんのようなものをはげしく揉みしだいている。

「煮るなり焼くなり好きにしてください」

遼太郎、と背を向けたまま、沖の母は息子の名を呼んだ。

「帰ってちょうだい。自分の尻拭いは、自分でしなさい」

家を出たとたん、沖はその場にくずおれてしまった。だいじょうぶか、おい、と肩をゆすっても動かない。人目もあり、引っ立てるようにして歩き出した。

「泣くな」

しゃんとしろ。背中を叩いて急かした。だって、だって、と沖が泣き出した。

駅構内のカフェを見つけて、そこに入る。カウンターで注文を受けていた女の店員が、ぎょっとした顔で俺たちを見た。泣いている男と、その男の首根っこをつかんでいる男。

本日のコーヒーふたつ、と注文して、いちばん奥の席に沖を押しこむ。

「どういうことだよ」

よそう、よそうと思ってもつい咎める口調になってしまう。

「一ミリも金出す気ないじゃないか、なんだよあのババ、お前の母親は」

「あの人、まだ僕を許してなかったんだ」

沖は袖で涙を拭く。紙ナプキンを大量にとってきて、投げてやった。洟をかめ、と言うと、おとなしく従う。

「落ちつけ」

深呼吸をしろ。指示どおりに、沖は三度息を吸って、吐く。

「なにがあったんだ。あの母親と。ちゃんと話せ」

「ぜったい許さない、って言われたんだ。父が死んだ時」

僕が殺したようなもんだから、と沖が穏やかでないことを言い出す。なんでも高校生の時、沖がセンター試験をすっぽかしたことにショックを受けた父が倒れ、その時受けた検査で心臓の病気が発覚し、そのまま入院して病院で最期を迎えたらしい。

それで沖が殺したようなもんだというのはちょっと言葉が過ぎるのではないだろうか。しかし当時の沖の母は「あんたが殺したの、あんたのせいよ」と泣き喚(わめ)いたという。

両親はいずれも教師だった。父は私立高校、母は公立の小学校。でも沖自身は子どもの頃から勉強することが苦手だった。両親が躍起になって勉強を教えようとすればするほど、算数も国語も嫌いになった。教科書を開いただけで吐き気がするようになった。

「でも、大学に行きたくない、ってどうしても言えなかった。言えるような家じゃなかった」

「それでいきなりすっぽかしたわけか」

「すっぽかしたっていうか、会場に向かう電車の中で急に気分が悪くなって、吐いちゃったんだよ」

「身体が試験を拒否している」と思った沖は、そのまま反対方向の電車に乗った。何時間もずっと川べりに座っていたらしい。

「センター試験」のしくみがよくわからない俺は、ふーん、と頷く。とりあえず簡単に受け直すことができないものらしいことはわかった。

高校卒業と同時に沖は家を飛び出し、アルバイトで食いつないだ。映画館、ファミリーレストラン、コンビニ、いろいろやってみたけれども、どんくさくてどこでも使い物にならず、ついに二十二歳の時に灰嶋さんに雇われた。その後のことは、俺もよく知っている。

「母の様子は、年に何度かこっそり見に行ってた。ほんと物陰とかから、こっそりね」

「堂々と行けよ」

行けないよ。沖は目を伏せる。

「こわいし」

「こわいってお前」

大学に行きたくないなんて親に言えないと言いながらセンター試験をすっぽかしたり、こわいと言いながら母親から金をせしめようと思いついたり、つくづく沖という男は矛盾に満ちている。

「家にいた頃だって、一度もほめてもらったことなんかないよ」

なにをやってもだめな子。なさけない子。できない子。そんな言葉を毎日浴びせかけられた。大嫌いだった、という母の様子を、ならばなぜこっそり見に行っていたのだろう。そしてなぜこんなに泣いているのだろう。

鼻をぐすぐす言わせながら時々ぶるっと肩を震わせる沖を見つめながら、用心深く口を開いた。

「お前、復讐っていうか、試したかったんじゃないの」

沖がまたびくりと肩を震わせた。

「困ってる自分を、母親がたすけてくれるかどうか。違うか？」

両手で顔を覆った沖を見て、やっぱり、とため息が出た。スティックシュガーを二本、カップにぶちこんだ。冷めたコーヒーに砂糖はなかなか溶けず、底のほうでざりざりと音を立てる。

甘いものは好きじゃない。だが今すぐ、脳が栄養を必要としている。

「でも、わかったよ。あの人は死ぬまで僕を許さないし、認めてもくれない。今日、それがよくわかった」

家族なんて、親子なんて、世間のやつらがありがたがるほどたいしたもんじゃない。自分が産んだ子どもでも、思い通りに育たなきゃあっさり突き放す。死んだものと思って生きてきた、などとのたまう。俺は沖とは血のつながりなどない。でもぜったいに沖を見放したりしない。

「……なんとかして、お前の母親から金をむしりとろう」

俺を見る沖の目も鼻の頭も真っ赤になっていて、舌打ちしそうになる。そんな顔をされたら、もうあとに引けないじゃないか。

「計画を立てよう」

な、考えよう。手をのばして、沖の肩をぽんぽんと叩く。

頭を使って、動いて、遠くに押しやるんだ。良心だとか、かなしみだとかを全部。俺たちみたいなのは、そうやって生きていくしかない。うまくいかなかったことを嘆いているひまがあったら、新しい手を考えよう。

第二章

1

沖ふさ子、七十四歳。めったに笑わない婆。二度目に会って、そのことがよくわかった。表情筋がまったく仕事をしていない。

四十四歳で沖を産んだという沖ふさ子は俺の目にはただ「小柄な老婆」とうつる。怖れるに足らぬ存在だ。

「こわかったよ、すごく」

沖にそう言われても、いまいちぴんとこない。

「どうこわかったんだよ」

「全部だよ」

たとえば、沖はもともと左利きだったのだが、右で箸や鉛筆を持つように訓練されたという。左で箸や鉛筆を持っているところを見つかると、手の甲にまち針を刺された。手の甲を針山にしたまま食事をしたこともあるらしい。しつけの厳しさが高じて虐待まがいのことをしてしまう母親だったようだ。まがいというか、もろに虐待か。

今日、俺たちはふたたび沖家を訪ねた。

「おじゃましますね」

返事を聞く前にそそくさと靴を脱いだ。室内はなぜかほんのりと生ゴミの臭いが漂っていて、無意識に息を止めてしまう。

「窓、開けてもいいですか」

居間の窓は長いこと拭いていないらしく、雨とほこりがうす茶色の醜いまだら模様を描いている。家の前には黒いワンボックスカーが停まっており、運転席の窓がするすると下がって灰嶋さんのところのその1とその2が顔をのぞかせる。あとをつけられていることは、知っていた。

「何度来られても一緒ですけど」

「それはもういいんです」

ねえ、沖くん。傍(かたわ)らの相棒に視線を送る。

「席を外してくれないかな」

あ、はい。沖は頷いて、居間を出る。やがて、二階へと続く階段をのぼっていく足音が聞こえた。ここまで、打ち合わせ通りだ。

「じつは、使いこみの件、あれは嘘だったんです」

沖の母は、かすかに口を開けて俺の顔を見たあと、おずおずと口を開いた。

「……どういう、ことでしょうか」

「お母さんとの関係がうまくいっていなかったこと、聞きました。……沖くん、知りたかったんでしょう。何年も会っていなくても、それでも、お母さんはきっと自分を大切に思ってくれているはずだと、心のどこかで信じていた。だから協力してくれと言われて、ひと芝居打ったわけです。試すようなことをして、ほんとうにすみませんでした」

「そんな……」

沖の母は言い淀み、それから「ばかばかしい」と顔をしかめる。

「ばかばかしいです。なにをそんな、いい年をして子どもみたいなことを、とお思いでしょう」

でもね。そこで言葉を切って、じっと沖の母を見つめる。

「いくつになっても、特別なものなんですよ。『お母さん』っていうのはね」

それ以上は言葉を重ねない。沖の母の表情に、変化があらわれるのを待つ。人呼んで情に訴えかける作戦。もちろんこれで金を取れると思っているわけではない。狙いはもっとべつのところにある。

今頃、沖は家さがしをしているはずだ。このあいだ、あれこれ作戦を立てたが、俺があげた詐欺の案はことごとく沖に却下された。母がそんな手にひっかかるとは思えない、というわけだ。

昔からそういう人でさ、と沖は肩をすくめた。

「なんせ僕がもらったお年玉とか、全額貯金させられてたんだから。僕名義の口座つくってさ。けっこうな額になってたと思うんだけど、結局一円も自分のものにならなかったね」

お前今なんて言った、と俺はその時、驚いて訊き返した。僕名義の口座？

「それはお前の金じゃないか」

取り返そう。いや取り返すべきだ。そういう話になったわけだ。しかしその話を持ち出して、沖の母が「ああそうですね」と通帳を引き渡してくれるとは思えない。

さがし出して、盗もう。いや、取り返そう、だ。だって沖の金なんだから。

その口座が今もあるとは限らない。とっくに解約されている可能性も高い。それでも沖のために、さがしてやりたい。

「ねえ、沖くんのお母さん。母親を好きじゃない息子なんて、いませんよ……」

言ったそばから、喉が腐りそうだ。

沖の母が目を伏せる。

さあ、どうだ。どうだ気分はどうだ。お前が産んだ息子だろ、さあ思い出せ、なんなら出産直後までさかのぼって母としての情愛を取り戻せ、さあさあ。

顔を上げた沖の母の瞳が、燃えている。ぎょっとして身を引いたら、肘を椅子の背に嫌というほどぶつけた。

「嘘に決まってます」

立ち上がって、台所に向かう。沖ふさ子は感情が高ぶるととにかく台所に駆けこむ。そんなどうでもいいデータだけが蓄積されていく。

「遼太郎は、私を恨んでるんです。お母さんは特別だとか、そんなの一般論ですよ。信じられない」

2

善一郎のアパートのゴミをすっかり処分するために、クリーンセンターまで自転車で三往復しなければならなかった。

「腹が減っただろう」

冷蔵庫を開けてすぐ「あちゃあ」と情けない声を上げる。肩越しにのぞきこむと、卵としなびたねぎが一本あるきりだった。善一郎が「弁当でも買ってこようか」と財布を開ける。

「いいよ、俺、なんか作るよ」

俺は善一郎にいつのまにか敬語をつかわなくなっている。

「ああ……そうか？」

善一郎はなにやらうれしそうに笑う。ねぎを刻み、卵を溶き、炊飯器の中で黄色くなっていた飯を炒(いた)めながら、例のカルシウム剤の話をするタイミングを窺った。

おお。うまそうだな。フライパンに醬油をたらしていると、善一郎がのぞきこんでくる。歯のない口の中は洞穴のように暗い。雑炊のほうがよかったかもしれないと後悔したが、善一郎は歯がないくせによく食べた。うまい、うまい、と幾度も言う。

「誰かと飯を食うのは、ひさしぶりだよ」

感慨深げに息を吐いている。

「そうか」

「いいもんだね」

「そうか？」

「侘しくなくて、いい」

ひとりで食事をするのが侘しいという感覚がわからないから、ふーん、としか答えられない。おかわりはないのか、とまで言い出したがふたりぶんしか作っていなかったので、俺の皿に残っていたのをよそってやる。

「そんなに好きなのか」

善一郎はスプーンを握りなおして「好きなのは豆大福だ」といまいち噛みあわない返答をする。俺は炒飯の話をしているのだが。

「ああ、人と食べる飯はうまい」

まだ言っている。

「でも息子も孫もいるんだろ、医者めざしてる孫。ここに来たりしないのか？」

スプーンが空中でとまる。

「……なんで知ってるんだ？」

「え、あの、ほら、ずっと前に話してたでしょ」

そうだったかなあ、と善一郎は首を傾げる。

「そうだよ」

「そう言われたら、そうだったかもしれんなあ」

どっと噴き出した汗を、こっそり拭う。

「孫って言ったって、一回きりしか会ったことないんだ」

一回だけ、一回だけ、息子が会わせてくれたんだ。もう十五年ぐらい前の話だよ。善一郎が細い目を輝かせる。

「へえ」

「小学一年生で、身体より大きなランドセル背負ってさあ、言うんだよ。僕、大きくなったら医者になるんだって、ほんの六歳の子がだよ。立派だよなあ。俺ぁ感心したよ」

その一回きりしか会っていないのなら、すでにその夢をあきらめている可能性大だ。次に会えるかどうかもわからない孫のために貯金をしているなんて、ばかばかしい。

「そんな夢、もう忘れてるよ、とっくに」

「そんなはずはないよ」

あの子はぜったいに夢をあきらめないし、きっと立派な若者に成長してるはずだ。なんの根拠もなく、言いつのる。

「あんたみたいな立派な若者になってるよ」

なにそれ、と答えて、目を細めて笑う善一郎から目を逸らした。

「こんど会えたら渡そうと思ってんだ」

白い紙に包まれた小さななにかが、よれた財布から取り出される。

「お守りだよ」

「学業成就？」

「いや、厄除け」

「……うん、まあ、渡せるといいな」

それにしても貧乏くさい部屋だ。あらためて、アパートを見まわす。惣菜が入っていたらしいプラスチックの容器だとか、ペットボトルだとか、いくつも置いてある。捨てればいいのに。というか、捨ててしまえ。

もったいない、という言葉が俺は嫌いだ。「清貧」も寒気がする。

善一郎がスプーンを握りなおす。唐突に子どもの頃を思い出した。

父と、よくこうやって飯を食った。白飯のうえにアメリカンドッグをのせたものがごちそうだった。コンビニのアメリカンドッグは百二十円で、精肉店で売っているアメリカンドッグは八十円だったので、精肉店で買うと決まっていた。

食事中、父はよく「うまいか」と訊ねた。うん、と頷くと、俺の頭をぐりぐりと撫でる。愛しくてたまらないという仕草ではなかった。顔はテレビの野球中継に向けたまま手だけ動かすようなずいぶんいいかげんな撫でかただったけど、不満なんてなかった。自分の父親に対して愛されたいとか認めてほしいというような強い感情を抱いたことがない。

「あの人は僕が嫌いなんだ」と沖は自分の母親について言った。父が自分を好きか嫌いか。そんなこと、今までに一度も考えてみたことがない。顔も知らない母親については言わずもがなだ。

「じゃあ、帰ろうかな」

「ええっ、もう?」

皿を流しに運ぶ俺に、すがりつかんばかりだ。

「ゆっくりしていけばいいだろう」

「仕事がうまくいってなくてさ」

骨粗しょう症防止のためのカルシウムのサプリメントを千個仕入れたのに一個も売れな

いという話をする。

だからしばらく来られないかも、と視線を落とすと、善一郎が無念そうに唸る。

「そのサプリメント、ちょっと値段が高いんだけど、そのぶん効き目はばつぐんなんだ」

「ああ、わかってる、ああ」

そうだろう、そりゃあそうだろう。しょんぼり肩を落としたまま頷いているが、ほんとにわかっているのだろうか。

「……ごまんえんなんだけど」

「はあ？」

一瞬の躊躇（ちゅうちょ）が、声のボリュームを下げてしまったようだ。善一郎が耳に手を当てている。

「五万円だよ。それ、ひと瓶で、ごまんえんするの」

「……ああ、痛い。いたたたたたた」

善一郎がとつぜん身体をふたつに折って苦しみ出した。

「え？　どうした？」

「背中が痛い」

眉間に皺を寄せ、しがみついてくる。

「背中が痛いのか？　病院行くか？」

「痛い……痛いような気がする」

さすってくれんか。善一郎が言うので、しかたなく俺は背中をさすった。

そのまま十分以上もそうしていただろうか。善一郎は目をつぶってじっとしている。さするたび、指のささくれにフリースの毛玉がひっかかる。

善一郎がとつぜん顔を上げた。

「治った」

「えっ」

「治ったような気がする」

けろりとした顔で、ＯＫマークをつくる。

「……あ、そう？」

まったく納得がいかないまま「ならいいけどさ……」と、答える。わけがわからない。

今のはいったい、なんだったのか。

「……じゃあ、今度こそ、帰るからな」

俺、帰るからな。念を押して、背中を向けた。

「あんた、今度それ、持っておいで」

え？　振り返ると、善一郎は歯茎をむき出しにして笑っていた。

「その五万円のやつ」

「なんで？　……もしかして買ってくれんの？」

「だって、あんた、売れなきゃ困るんだろう」

困る困る。こくこくと頷いた。

「次に来た時、持っておいで。その、サップリメントを」

サップリメント、と思いながら「五万円だよ」と念を押す。わかっとるわかっとる。善一郎が薄い胸を叩いた。

「まかせとけ」

「ありがとう」

手を取ってぎゅっと握りしめると、歯のない口でウォフォフォフォフォと気色の悪い笑い声を上げた。ありがと、また来るね、ほんとうにありがとう。手を振って、外に出た。扉が閉まってから、小さく跳ねた。やった。うまくいきそうだ。

いつのまにか時刻は夕方に近くなっていて、どこかの家から野菜を煮ているような匂いが漂ってくる。カレーだろうか。家でつくったカレーというものをもう長らく食べていない。

道の向こうから、犬を連れたというか犬にひっぱられながら婆さんが歩いてくる。白髪を後ろでひとつにまとめて、上等そうなコートを着ている。歩くたび、襟元のファーが揺れる。

でもこれ、ほんとうに犬だろうか。あまりにも白くて、まるっこいふわふわの生きものだから、ちょっと自信がなくなった。でもやっぱり犬だ。耳のあたりにリボンなんかつけている。赤い舌を出して、俺のほうに寄ってくる。婆さんがリードを引っぱったが、犬はすでに俺の靴に前足をのせて鼻をひくつかせていた。

「だめよ」

だめよわたあめちゃん、と婆さんは腰を屈めて、犬に話しかける。白くてふわふわしているから「わたあめ」か。安直な。

「ポメラニアン……ですよね」

自信はなかったが、いちかばちか、口にする。

「ええ、そうよ」

婆さんの顔がぱっと明るくなった。

「かわいいですね」

犬はいきなり仰向けになり、俺を見上げる。

「わたあめちゃんって言うんですか」

「そう。ぴったりでしょう」

「それ以上ないぐらい、ぴったりです。……かわいいなあ」

犬がかわいいのは嘘ではない。

「珍しいわ、この子が知らない人にこんなになつくなんて」

人間には好かれないのに犬猫には好かれるという自分の特性が、こんなところで役に立つとは思っていなかった。ひんやりと湿った鼻のやわらかさを、手の甲で楽しむ。

「そうですか、うれしいですね」

婆さんがちらりと腕時計を見た。

「いつもこの時間に散歩してるんですか？」

「ええ、たいていはこの時間」

婆さんはくすりと笑った。

「あなた、わたあめちゃんにまた会いたいんでしょう」

お見通しよ、とでも言いたげに上目づかいをする。バカな婆さんだ。プッと噴き出しそうになる。ちっとも見通せていないのに。

「ばれましたか」

俺は照れたように頭を搔いてみせる。やはり年寄りはちょろい。ちょろすぎてこわい。

3

「どちらさまですか」

玄関に出てきた沖の母の第一声に、隣にいる沖がはっと息を呑むのがわかった。沖の母は俺をきつい眼差(まなざ)しで睨んでいたくせに、目が合うと怯えたように一歩後ずさる。

「ぼ、僕のもと上司の、ハセさんじゃないか」

沖は動揺のあまり、この家では「布施」と名乗っている俺の本名を口にしてしまう。

「上司からただのお友だちになりました……あと、布施な、布施。沖くん滑舌悪くなってない？」

単なる発音のミスとしてごまかした。「もと」上司の設定になったのは理由がある。先月、沖は首尾よく染雨市内の老人ホームに雇われた。資格など当然持っていないから下働きみたいな立場なのだろうが、上等だ。

あくまで老人ホーム紹介詐欺の下準備として送りこんだわけだが、沖の母に対してもこれを利用しない手はない。心機一転、がんばっていますというイメージを植えつける。

沖のことだからおそらくドジばかり踏んでいるのだろうが、さいわい今のところクビにはなっていない。かわいい顔をしているせいか入居者の爺婆にえらく気に入られているようだ。

「ありがとう」ってさ、言ってくれるんだよね、みんな。「たすかるよ」とかさ。このあいだ、沖は顔を上気させてそんなことを話していた。

沖の母は、まだじっと俺を見ている。「帰ってください」の次は「どちらさまですか」か。あんたみたいな人知りませんというわけか。

あらためて笑顔をつくる。他人にいやな顔をされることについては、小学生の頃から着実にキャリアを積んできた。これぐらいで怯(ひる)んだりはしない。

「……わかってますよ、ちゃんと。そんな目で見ないでちょうだい」

沖の母が、ふっと目を逸らした。

今気づいたが、沖の母の髪がやけに乱れている。服も寝巻のように見えるし、もしかしたら寝ていたのかもしれない。

「家に入るんなら手を洗いなさいよ、遼太郎」

子どもに言うような口調だった。

「あ、はい……お母さん」

布施さん、布施さんでしょ、わかってます……。沖の母はまだぶつぶつ言っている。不満そうに口をとがらせると鼻の下にいくつも縦皺が寄って、ぎょっとするほど年寄りくさく見えた。

なにかがおかしい。沖も同じ気持ちなのか、のろのろと靴を脱ぎながら、首を傾げている。なあ、と言いかけたが、遮られた。

「洗面所、そっちだから」

どうやら俺も手を洗わなければならないらしい。ひびわれた青いタイルばりの洗面台で、ふたり並んで石鹸をつかう。いいかげんに水でジャージャー流してしまう俺とは違い、沖は石鹸を丹念に泡立て、指の一本一本をなぞるようにしてこする。

こういう些細なことでいちいち遠く感じてしまう自分がいやだ。沖が自分と違う行動をとるたび、これも育ちの違いなのか、単に性格の違いなのか、と気になってたまらない。

たとえば、沖は冬に外出して家に帰ると、コートを脱いで、ブラシを当てる。はじめて見た時は、なにをしているのかわからなかった。それなに、と訊ねた俺に沖は心底ふしぎそうな顔を向けた。なにって、ほこりを払ってるんだよ、こうすると長持ちするから、と。

長持ち。ふしぎな単語のように、その言葉を何度か繰り返したことを覚えている。俺にとって洋服とは、汚れたり破れたりしたら捨てるものだ。そんなに大切に扱うものだとは思ってもいなかった。

タオルでこれまたきっちりと指の股まで拭いた沖は、居間に向かう。今日は「なんとかして外に連れ出す」という作戦がある。このあいだ沖が家さがしをした時は、通帳は見つからなかった。だから今日は俺がさがす。一階のどこかの窓の鍵を開けておいて、沖が母親を連れ回しているあいだに忍びこむという作戦だった。

沖の部屋になかったということは、通帳の類はすべて沖の母が持っているのだ。今日こそ見つけたい。まず沖の母の寝室からさがそう。居間の棚。仏壇の周辺、だいじなものを置くとしたらそんなところだろう。

意外とこういうところに隠してたりして。洗面所の脇の小さなタンスの抽斗(ひきだし)を開けたらベージュやピンクの肌着が入っていて、あわてて閉める。その下の抽斗には生命保険会社の名が入ったビニールに包まれたままのタオルが詰めこまれていた。

タオルとタオルのあいだにある、うっすら黒ずんだ丸いものに気づく。それは、みかんだった。皮がかたく縮んでいることから、ずいぶん前に入れられたものと思われる。

洗面所の戸ががらりと開く。反射的に抽斗を閉めた。入ってきた沖が、眉を下げたなさけない顔で俺を見る。

「散歩に行こうって誘ったんだけど、断られた」

あっさり誘いに乗るとは、沖はともかく俺ははなから思っていなかった。

「土下座でもなんでもしてこい、いいから」

金を取り戻すんだろうが。復讐するんだろうが。小声で叱責しながら、タオルの抽斗にみかんが入っていることをどう伝えようか迷った。電気をつけていないせいか、沖の顔はなかば影にのまれて、表情がよくわからない。

「がんばってみる」

沖がみょうにかたい声を出す。

居間から、沖の話す声が聞こえてきた。新しい職場で、自分がどんなにがんばっているかということ。いずれ介護系の資格を取るつもりだ、とも。

「どうかしらね。あなた、昔からなにをやらせても中途半端で」

沖の返事は聞こえない。言葉につまっているのか。助け舟を出すつもりで、居間に入っていく。

「沖くんのお母さんは、和食と洋食どっちが好きですか」

沖の母は無言で小さく肩をすくめる。駅裏のあのお店、行ったことあります？　あそこ中庭がありましてね、庭を見ながら食事ができるんですよね、今だとつつじが咲いててきれいですよ行きませんか、とグルメサイトに載っていた情報をアレンジして喋る。実際には入ったことがない。沖の母は答えずに下を向いた。肩が大きく上下する。

顔色がひどく悪いことに、その時ようやく気づいた。

「あの、どうかしました？」

「気持ち悪い」

自分に言われたのかと思った。沖の母が、肩に触れようとした息子の手を払いのける。椅子から立ち上がろうとして、バランスを崩して倒れた。吐いたものが床に落ちる音は「だばだばだば」と聞こえた。

「お母さん！」

唇を汚して小刻みに震えている。病気のことはよくわからないが、ふつうじゃないことはわかった。

「救急車を呼ぼう」

沖の母は、幼児がいやいやをするように首を振る。小声でなにかを言っているので耳を寄せると、どうも「みっともない」と言っているらしかった。救急車を呼ぶことのなにがみっともないのか、俺にはわからない。けれども沖の母は俺の腕を放さない。

「じゃあ、タクシー呼ぶから病院に行こう」

それならいいでしょ、と沖に言われて、ようやく承知した沖の母は、到着したタクシーに乗りこむ段になってもまだみっともない、みっともない、と繰り返していた。

「沖、ひとりでだいじょうぶか」

「たぶん」

隣に乗りこんだ沖は、青ざめながらも俺に向かって頷いている。

よくぞこんなにもタイミングよく具合が悪くなってくれたものだ。そういえば出迎えた時に寝起きのような様子に見えたが、あれは体調が悪くて寝こんでいたのに違いない。

「病院を出る前に、電話してくれよな」

これで存分に、家さがしができる。両手をハエぐらいこすりあわせながらしめしめと居間をうろついていると、チャイムが鳴った。無視しようと思ったが、ピンポンピンポンピンポンピンポンと異常にしつこい。

扉を開けると、女がいた。あつくるしいロングスカートとつばの広い帽子から、宗教の勧誘くささがぷんぷん漂ってくる。

「あの、沖さんは」

肩からかけたトートバッグの持ち手をぎゅっとつかんでいる。左手の薬指には銀色の指輪が光っていた。

「沖さんは、ひとり暮らしのはずでは……」

カーディガンの襟元に光るピンバッジを見て気づく。民生委員だ。まあまあ若いし、完全に宗教の勧誘だと思って油断していた。こいつらはある意味、神よりやっかいなものを信じていたりするから、性質が悪い。こんなことなら居留守を使えばよかったが、もう遅い。

「息子です」

「息子さん……？」

「沖遼太郎です」

嘘ではない。「俺が」沖遼太郎だとは、現時点ではひとことも言っていない。

ああ、と民生委員の女はぎこちなく頷く。そして、自分はこのあたりのひとり暮らしのお年寄りを中心に訪問している者だと言った。

先月来た時、あなたはいませんでしたよね、息子さんは遠方に住んでいて仕事が忙しいのでほとんど帰って来られないと聞いていましたが、と口角に泡をためてまくしたてる。

「まあいろいろあって、帰ってきてます」

沖の母は見栄っぱりだ。なにが遠方だ。なにが仕事だ。笑わせるな。

「ああ、そうだったんですか」

頷く女の鼻先で「では、そういうわけで」とぴしゃりと扉を閉めてやった。民生委員をやるような人間とこれ以上喋ったらじんましんが出る。

空腹をおぼえて、台所に入った。食パンの袋があったので、一枚失敬する。焼かずにそのままもしゃもしゃ食っていると、中学生の頃の記憶があざやかによみがえった。民生委員なんかに会ったせいだ。

あいつらはいつも正しいことしか言わない。もっと栄養のあるものを食べさせないと、と父につめよった民生委員がいた。息子さんを育てるのに健全な環境とは言えません。息子さんの将来を考えたら施設に預けたほうが。息子さんのために。息子さんのために。父はのらりくらりと躱(かわ)していたが、毎日のように押しかけられてほとほと迷惑していた。

中学生の時にアパートに訪ねてきた民生委員は、同級生の母親だった。「うちの娘もね、ハセくんのこと心配してるから」などと言って、娘を連れてくることもあった。無神経にもほどがある。男子中学生が、民生委員の訪問を受けるような生活を同級生の女子に見られるということ。それがどれほどの屈辱か、考えもしなかったのだろうか。

娘はおさげ髪にやぼったい黒縁眼鏡(めがね)をかけていた。母親に連れてこられて「ハセくん、困ったことがあったら相談してね」と棒読みで言ったが、学校ではけっして俺と口をきこうとしなかった。それどころか、廊下ですれ違うたびに虫を見るような視線をなげつけてきた。

古い記憶。役に立たない記憶。ぜんぶ捨てたはずなのに。

沖の母の寝室に向かった。最近衣替えでもしたのか、ナフタリンの匂いが鼻を刺す。手始めにベッドの脇の鏡台の抽斗を開けたが、化粧水の瓶だとかネックレスの箱ばかりでそれらしきものはない。

いちばん下の抽斗に箱があって、鍵がいくつか入っていた。ご丁寧にひとつひとつに「イエ」「モノオキ」と書いたプレートがついている。「イエ」をポケットにしまった。これでいつでも忍びこめる。

電話が鳴り出した。無視していたら切れたが、また鳴り出す。沖なら俺の携帯にかけてくるはずだが、なにぶん沖は粗忽であるし、ずいぶん動顛していたようなので間違えてこの家にかけてくる可能性もなくはなかった。

受話器を耳に当てたら開口一番「レモングラスというハーブの力をご存知ですか？」とわけのわからないことを言い出した。無言のまま電話をたたっ切る。

寝室を出て、居間の隣の畳の部屋に足を踏み入れる。そこに仏壇があることはこのあいださりげなくチェックしておいた。

仏壇の抽斗を開けると、なぜか小銭がいくつか入っている。仏壇に置かれた写真立ての中の人物と目が合う。虫とり網を持った四角い顎の男だ。

沖の父らしいが、まるで沖には似ていない。仏壇の脇の床の間に、数冊のアルバムらしきものが積み上げられていた。なんとなく開いてみると、赤ん坊の写真の脇に「遼太郎生後八か月」と記されている。つやつやでぴかぴかの頰をした、まるっこい赤ん坊。

幼稚園のお遊戯会。卒園式。小学校の入学式。傍らに必ず沖の母がいる。沖の母はどんな季節のどの写真もたいていい灰色のツーピースのようなものを着ていた。いちおう微笑んでいるような表情だが、よく見るとひきつっている。愛想がないのは昔からか。

沖がステージの上でタキシードを着てピアノを弾いている写真もある。そろばんをはじいている写真もあれば、書道教室のような場所で筆を握って半紙に視線を落としている写真もあった。さまざまな習いごとをさせられていたらしい。写真の沖がちっとも楽しそうではないので、「させられていた」という表現になってしまう。

かなりの金をかけて育てられた子ども。でも、なにひとつものにならなかった、元子ども。

また電話が鳴る。無視していたら切れたが、しばらくするとふたたび鳴り出す。受話器を持ち上げると、みょうに甲高い男の声が聞こえてきた。

「不用品回収のご案内をさせていただいておりまして、セーター一枚、コップ一個からでも回収させていただきますけれども、いかがでしょうか」

「知るか！　二度とかけてくるな！」

なんでもかんでもさせていただいてんじゃねえと、乱暴に受話器を叩きつける。

電話はそれから、二度かかってきた。アパート経営に興味はないかというものと、なんとか互助センターというところから葬式の資金の積み立てをしないかというものだった。

夕方になってようやく、沖たちは戻ってきた。通帳は見つからない。沖の母は依然顔色が冴えず、靴を脱ぐとものも言わずに寝室へと消える。

「どうだった」

あー、うん。なんていうか。沖がすこし疲れた顔で、もごもご口を動かす。

「なんだよ」

「なんか肝臓があれかもだって」

「あれかもってなんだよ」

沖の説明は要領を得ない。詳しいことはよくわからないが近いうちに精密検査を受けたほうがいいような、そんな話だった。

「ハセは、どうだった」

「勧誘の電話がうるさかった」

なんで電話に出たの、とふしぎそうな顔をする沖に、お前がうっかり者だからだよ、と言ってよいものか迷った。干しっぱなしになっていた洗濯物をとりこんできた沖が畳の上に座る。丁寧だがどんくさい手つきで、タオルの四隅をきっちり揃えて畳みはじめた。

「廊下のつきあたりにもなんか、部屋あるよな、この家」

「ああ……あれは、父親の部屋だよ」

書斎っていうか、趣味の部屋っていうか、んー。沖は首を傾げている。趣味というのは昆虫採集かと問うと、目を丸くした。

「すごい。なんでわかるの？」

「仏壇の写真見た。網もってたから」

沖のまつ毛がかすかに震える。

「……僕、虫嫌いだからさ」

「そうだったな」

以前、開店前のハウスに蜂かなにかが入りこんだことがあった。あの時の沖のうろたえぶりときたら。

「父親がバッタ捕まえてきてさ。小学校に入学するちょっと前だったかな。でも、どうしても触れなかった」

男のくせになさけない。父親は、ため息とともにそう吐き出した。

「あの時の父親の顔、今でもたまに思い出す」

その程度のこと、と笑い飛ばすことはできなかった。自分の息子に虫を拒まれ、虫のことも虫好きな自分のことも否定されたように感じたのかもしれない。でも、だからと言って息子を否定し返さなくてもいいのに、小さい男だ。

「嫌い」は、男だからとか女だからとか、努力とか根性でどうにかできるようなものじゃない。

ハセ。気がつくと、沖がこっちを見ていた。

「ゆっくりでいいんじゃないのかな」

なんの話をしているのかよくわからなかった。なにが、と問う自分の声がへんに掠れている。

「通帳の話だよ」

沖は俺のほうを見ない。すでに畳んだ肌着を広げて、また二つ折りにして、その謎の作業を延々と繰り返している。

「そんなに焦ってさがさなくてもいいんじゃない？　急ぐもんじゃないし」

どういうことだ。俺たちは早急（さっきゅう）に二百万を用意しないといけないんだぞ。

「いや、急ぐもんだろ」

ざっ。ざっ。例の音がする。靴底で砂利をこするような音。

「僕、ちょっとお母さんの様子見てくる」

古い廊下を進んでいくみしみしという足音に、ざっ、ざっという音が頭の中で重なる。

沖、と声に出して呼んだ。もちろん返事はない。沖。呼ぶたびに遠くなっていく気がした。

沖。目の前にいない相手の名を、何度も呼び続ける。

4

「詐欺、詐欺」

善一郎がふいに言ったので、今受け取ったばかりの一万円札五枚を取り落としそうになった。

「ええ？　なに言ってんの？」

笑おうとしたが、唇が歪んだだけだった。

善一郎はサプリメント（善一郎風に発音するとサップリメント）の代金をちゃんと用意してくれていた。銀行の名入りの封筒に入っており、そしてその封筒はテレビの上に置かれていた。引き換えに渡したカルシウムのサプリメントの瓶入りの青い箱がぽつんとテーブルの上に置かれている。善一郎がろくに箱の説明書きを読みもせずに口にいれようとするので「一日ふた粒だからな。ラムネみたいにぼりぼり食うなよ、わかったな、いいな」とくどくど説明してしまった。多めに食ったところで死にはしないのだろうが、いやべつに善一郎が死のうが生きようが俺には関係ないはずなのだが、やはり気分のいいものではない。言うべきことは言っておかなければ。

平常心を装いつつ、文房具屋で買った領収書の綴りに五万円の金額を書きこむ。ペンを持つ手が細かく震えていて、自分が思ったより動揺していることに気づいた。

「だから、詐欺にあったんだよ」

ここの大家さんが、と善一郎が続ける。そういえば今さっきまで善一郎はアパートの大家が自分と同じ年齢だという話をしていたところだった。

「ああ、うん。大家さんの話な」

額に噴き出た汗をこっそり拭う。日によってぼけているように見えたりそうでもなかったりで、油断ならない爺だ。

アパートの大家の婆さんは、息子を名乗る男から「横領したのがばれたので百万貸してくれ」という電話がかかってくるという、非常にベーシックな詐欺にあったらしかった。

しかし息子や息子の妻の名前、および会社名とその役職も相手の口から出たとのことだったから、行き当たりばったりの犯罪ではない。しかもその直後に警察を名乗る男が訪ねてきて「最近このあたりで被害が多発している。実際に金を受け渡す現場を押さえられれば逮捕ができる。家の傍で張っているので明日、犯人が金を受け取りに来たら渡してほしい」と念を押されたというのだからふるっている。

「なかなかだな」

そうだろう、なかなかだろう。善一郎は頷いているが、それは俺の感心とはまったくべつの地点から発せられた「なかなか」だった。

「悪いやつがいるもんだ」

自分が今まさに俺に騙されていると気づいていない善一郎は、しきりに憤慨している。

「おそろしい世の中だよ」

大家の婆さんはしかし、結局のところ金を失わずに済んだ。自宅に金を受け取りに来た人間の挙措(きょそ)がおかしかったので、そこでようやく「もしや、詐欺では？」と思い至り、なんとか追い返すことに「成功」したと善一郎は言うが、詐欺側として聞いていた俺にとってはそれは「失敗」だった。

「しかし最初の電話で気づかないもんかねえ。どう思うあんた」

「そうだな」

「テレビやら新聞やらで、さんざん注意しろって言ってるのに、大家さんもあぶなっかしい人だよ」

うん、あんたもな。心の中で呟きつつ、神妙に頷く。

「さびしかったんだろうねえ」

大家さんとこは息子がひとりと娘さんがふたりだけど、めったにこっちには顔出さないって前に言ってたもんねえ、あの人は去年心臓の手術をしてるし、そんなこんなでだいぶ弱気にもなっちゃってたんだろうねえ、やりきれないねえ。善一郎はため息まじりに、大家の個人情報を漏えいしまくる。更なる情報を引き出そうとしたが、今は婆さんの娘と息子のガードが固いらしく、俺が新たに介入する隙はなさそうだった。

「もう安心だよな、大家さん」

「そうだな。安心だな」

大家さんと違って俺なんかは、そんなふうに心配してくれる相手がいるわけでもなし。善一郎がかなしげに目を伏せる。大家の娘や息子が必死になるのは、将来自分たちがもらう遺産が減ったら困るからだ。そんなにうらやましがるほどのことじゃない。

「こうやって俺が来てるじゃないか」

「うん。いや、だけどねえ」

ああ。善一郎が嘆息する。深い、深い穴の底から吐き出された息だった。ああ。いやだねえ。年を取るっていうのはさ。

「葬式に行ったんだよ」

唐突に飛躍する話題にも、辛抱強く頷く。耐えろ。金のためだ。

昔の同僚の葬式に出てきたのだという。

「風呂場で倒れたんだってさ。で、そのまま誰にも気づかれずに何週間もね。ひどい有様だったらしいよ……」

「気の毒だな」

「さびしい、そりゃあさびしい葬式だった。花なんか、ほんのぽっちりで」

かさついた指がティッシュを引き抜く。ぎゅっと目に押し当て、涙を拭いて、畳んでポケットにしまう。まさかあとでまた使う気なのか？

「ひとりで死ぬのは、いやだねえ」

枯れた草がへばりつく、ひびわれた地面。廃墟の壁にぽっかり空いた大きな穴。そんなものを眺める時の気分に似ていた。触れられそうなほど明確な孤独が、すぐ目の前にある。

「あんたんとこが紹介してる老人ホームに、俺も入ろうかな」

いつでも紹介するよ。声が、なぜか震えてしまった。

「やっぱり、老人ホームに入りたいでしょ?」

善一郎は「いや、そうでもないんだけど」と首を振る。

「そうでもないの?」

「今までの生活をすべて捨てるってことだからね。そう簡単には決心がつかないよ」

ひびわれた地面を覆い隠すような曖昧な笑みが、善一郎の頬に浮かぶ。


近々見学に連れていく、と約束して、アパートを出てきた。実際の老人ホームを見れば、また考えも変わるはずだ。

ポメラニアンをつれた婆さんの散歩の時間まではもうすこし時間がある。トクコの薬局では相変わらず年寄りどもが血圧をはかったり、試供品の青汁を飲んだりしながら世間話に興じていた。トクコは白衣のボタンをとめずに羽織っている。太り過ぎてついにボタンがはまらなくなったのかもしれない。

カウンターによりかかって、年寄りどもを観察する。次の獲物はどれだ。

ふいに、肩をつかまれた。振り返ると、ずい、とトクコの顔面が迫ってくる。小さく叫んで、カウンターから離れた。

「近いよ、顔が」

「なに見てたの」

「べつに」

「あんた今、わっるい顔してたよ。なんか、企んでたでしょう」

「は？　企んでないよ」

レジの脇にあった絆創膏（ばんそうこう）の箱をとって置く。

「これ、そう、これ買いに来たんだよ、それだけ」

財布には小銭しか入っていなかった。さっき善一郎から受け取った封筒から一万円札を引き抜く。

「あんた、良からぬことを考えちゃだめよ」

「なに、良からぬことって」

レジをこつこつ指で叩きながらトクコをまっすぐに見据える。視線を合わせたまま、商店街のスピーカーから流れる調子っぱずれの音楽をたっぷり十秒ほど聞いた。

「なあ、良からぬことってなに？　俺わかんないんだけど」

トクコは「フン」と鼻を鳴らして、ようやく絆創膏の箱を手に取った。

「あたしんとこのお客さんにへんなことしたら、承知しないからね」

しばらく、ここには来ないほうがいいかもしれない。釣りをポケットにつっこみながら、聞こえなかったふりで黙っていた。

「そういえば、蒸しパンがあんのよ。食べていきなさいよ」

「いらないよ、そんなもん」

「あたしもいらないのよ。でも毎日のように持ってくるおばあちゃんがいるのよ、もったいないからあんた食べてよ」

角切りのさつまいもが混じった白い蒸しパンは、口の中の水分を根こそぎ奪おうとする。この世でもっとも情けない死にざまは、面識のない婆お手製の蒸しパンを喉につまらせて死ぬことではないだろうか。慎重に、すこしずつ水を飲む。

「お父さんはどうしてんの、最近」

カウンターに寄りかかった姿勢でトクコが訊ねる。

「知らないね」

父とは最近連絡をとっていない。どこかの婆さんとよろしくやっているだろう。あいつはいつでも、うまくやる。

でっかいかばんだねえ。トクコの視線が今度は、足元に置いたかばんにうつった。

「骨壺でも持ち歩いてんの、あんた」

かさばるものイコール骨壺、という思考回路に、めまいすら覚える。

「時間だから行くよ」

水が入っていた紙コップを握りつぶした。

「なんの時間よ」

あとを追いかけてくるトクコに「犬の散歩の時間」と答えて背を向ける。

あまり関心を持たないでほしい。自分がトクコのもとに行くのはいいのだが、過剰にかまわれるのは困る。

薬局を出たら、その1とその2に出くわした。今日もやっぱり、灰嶋さんはいない。

いつもなら無視するところだが「こそこそ尾行、ごくろうさまです」と大声で言ってやる。周囲の老人が振り返った。その1とその2が目を泳がせた隙に、早足で逃げ出した。


犬を連れた婆さんは、思っていたのとは違う方向から歩いてきた。

「あら、わたあめちゃん。お兄ちゃんがいたわよ」

弾んだ声が、数メートル離れていても聞こえた。わたあめが走り出したので、またもや引っ張られて狼狽(ろうばい)している。

「昨日もおとといも、いなかったわね。気になってこのあたり、もう一周しちゃったわ」

「すみません」

「いいのよ、良い運動になったから」

腕にかけたトートバッグにつけられたチャームが夕陽を反射して俺の目を射た。ラインストーンがちりばめられたそれは、アルファベットのNをかたどっている。

ぎゅっと目を閉じた俺に気づいて、婆さんはチャームをバッグの内側に隠した。

「まぶしかった？　ごめんなさいね」

「だいじょうぶですよ。素敵ですね、それ」

「そう？　ありがとう、バザーで買ったの」

「自分のイニシャルですか」

「典子(のりこ)のN」

「典子さん、ですか」

典子さん。確認するように俺がもう一度言うと、婆さんは「はい、なんでしょうか」とおどけたように片手を上げる。

いいか眞、とかつて父は俺に言った。ご婦人にはけっして奥さんとかお母さんとか呼びかけないようにしなさい。誰の妻になっても誰の親になっても、彼女たちには名前がある。その名前で呼ぶんだ。

婆さんははたして「名前で呼ばれることがめったになくなったから、新鮮だわ」と頬に手を当てるのだった。

「あなたのお名前は、まだ訊いていないのよね」

「失礼しました。布施です」

「布施明と同じ布施？」

他にどんな布施があるのかと思いながら、そうですね、と頷く。並んで歩き出した。典子さんは鼻歌をうたっていて、機嫌が良さそうだ。布施明の歌なのだろう。ファンだったのかもしれない。

「お仕事はなにをなさってるの？」

ここぞとばかりに名刺を差し出した。

「立派なお仕事ね」

「そんなことはないです」

「高齢者は増えるいっぽうだもの。必要なお仕事よ」

「そうでしょうか」

ただそのひとことを返すのに、ずいぶん時間がかかった。ああ、と息を吐いた善一郎の横顔。さびしいやつら。だから利用できる。喜ばしいことだ。それなのに。

わたあめが、突然動きをとめた。排泄のタイミングかとしばらく待ってみたが、いつまでたってもその気配がない。ハッハッと息を吐きながら、俺を見上げている。

「どうした？」

首のあたりを撫でてやると、くんくんと鼻を鳴らす。

「あなたが心配なのよ」

しゃがみこんだら、後頭部に典子さんの声が降ってきた。

「布施さん、今日はなんだか元気がないから。犬にはわかるのよ、人間の気持ちがね」

わたあめの毛は、ふわりとやわらかく俺の指を受け入れる。くるりとまるい目に夕方の空と、影になった俺の輪郭がうつっていた。

お前は、番犬にはなれないぞ。

「……年を取るのは、いやなことですか？」

善一郎の言葉を思い出しながら、訊ねた。

「どうかしら」

典子さんはしごく上品に首を傾げる。わたあめが動き出したので、俺たちも歩き出す。

「思うように身体が動かないとか、いろいろ、なくもないけど……そうね、でもそれは、あたりまえのことでしょう？　何十年も生きているんだもの」

「そうですよね」

わたあめの背中に視線を落とす。すれ違う女子小学生ふたりがわたあめを見て「かわいー」と声を揃えた。

風が吹くと、湿った草と土の匂いがした。雨が降るのかもしれない。

「ただ……そうね。子どもに迷惑はかけたくないって、それだけがずっと心配」

典子さんには息子がひとりいる。息子には妻も子もいる。

「老後のことは心配するな、めんどうは見るから、なんてあの子は言うけどね」

でもね、と続けて、典子さんは肩をすくめた。

「あの子のお嫁さんと暮らすなんて、息がつまるわ。孫だって、たまに会うからやさしくしてくれるのよ。一緒に住んだらぎくしゃくするに決まってる」

あの子。もう五十代らしいのに、そんなふうに呼ばれている男を想像してみる。自分がどんなに恵まれているか知らなくて、たやすく「近頃の若い者は」と口走ったりするタイプ。

「お嫁さんとうまくいってないんですか」

どうにかして老人ホームを紹介するという流れに持っていけないか。

「お嫁さんは良い人なのよ」

典子さんは慌てたように片手を振った。

「どんなに良い人でも、今更他人と暮らすのは気づまりだということ」

「なるほど。わかります。わかりますよ」

「それに、息子も息子なのよね」

なにかって言うと「もう年なんだから」よ、失礼しちゃうわよねえ、だいたいあの子はね。愚痴がヒートアップしはじめた。

「そうですよね。典子さんみたいにしっかりした人を、なんにもできない年寄りあつかいするなんて失礼だ」

満更でもなさそうに頬に手を当てた典子さんは「ねえ、布施さん。老人ホームの紹介料っていうのは、いくらぐらいなの？」となにげない調子で口にする。

唾をのみこむ音が、聞こえてしまうんじゃないかと思った。

「三十万円、ですね」

典子さんは黙って頷く。高い、とも、意外と安い、とも言わない。ただ、頷いている。

話を続けようとして、口ごもった。道の向こうから、こっちを見ている女がいる。

いや、あれは見ているなんていう生易しいものではない。睨んでいる、だ。

あいつだ。このあいだ沖の家に来た、民生委員の女だ。

「ちょっと、あんた！」

女が絶叫した。

「……典子さん、すみません、用事を思い出しました」

そう言うがはやいか、勢いよく地面を蹴って走り出す。

「ちょっと待ちなさいよォッ」

絶叫が響き渡る。ものすごい形相で追ってきた女の後方に、あぜんとした顔で立ちつくす典子さんが見えた。

相手は女だし、ロングスカートをはいているし、絶対に追いつけっこない。そう思ったのに、交差点のところで肩をがしっとつかまれた。

「あんたッ」

ぜいぜいと息を切らしながら、俺の肩を前後左右に揺さぶる。

「あんたハセでしょ、さっき思い出した」

呼吸を整えながら、女を見る。

「……覚えてないの？　私のこと」

山田民恵（やまだたみえ）よ、と名乗られてもなお、わからない。

「小五の時から中三まで！　あんたの家に山田っていう民生委員が来てたでしょ！　忘れ

たの！」

怒鳴り散らす女に、古い記憶が重なった。俺の同級生だった、あの民生委員の娘だ。親子揃って民生委員とは物好きな。

「信じられない。普通、忘れる？」

「役に立たない記憶はぜんぶ捨ててる」

俺が言うと、民恵の顔はひきつった。いつも俺を無視していたくせに、自分がないがしろにされることは不服なのか。

「なにが沖さんの息子よ。嘘ばっかり」

「俺が息子だとはひとことも言ってない。息子の友だちだ」

「はあ？　友だちィ？」

民恵がぐっと顎を引く。みっともなく二重顎になってしまっているが、俺にはそれを教えてやる義務はない。

「なんで友だちのお母さんの家にいるのよ、あんたが」

「事情があるんだよ、色々と」

民恵と喋っているうちに、捨てたはずのものがゴミ箱から舞い戻ってくる。記憶というゴミはべちゃべちゃに腐っていて、悪臭を放ちながら足元に積もり、たちまち身動きがとれなくなる。笑わないというだけで、あだなが「死神」だったこと。校門の脇で猫が死んでいた時「ハセが殺した」という噂が立ったこと。担任がホームルームの時間に俺を黒板の前に立たせて「なぜあなたたちはハセくんを仲間外れにするんですか、先生は悲しいです」と演説をぶったこと。教員としての使命感に酔いしれた、あの声。

「なんか悪いことしようとしてんでしょ」

「悪いことってなんだよ」

民恵がぐっと言葉につまる。

「悪いことってなんだよ、言ってみろよ、ええ？」

トクコにも同じようなことを訊かれたが、この女に訊かれるのはその数百倍腹が立つ。正しいことしか言わない親に育てられて、正しいとされる世界から一歩も出ずに生きてきた女に「悪いこと」の詳細が浮かぶほどの想像力が備わっているはずがない。

民恵が唇を噛んで、下を向く。ほら見ろ。具体的には言えないんだろう。

「言いがかりはかんべんしてくれ」

足元のゴミを蹴散らすように、大きく足を開いて歩く。

「絶対、暴いてやるから」

民恵は頬を紅潮させ、拳を震わせていた。

暴いてやる。芝居がかったセリフに、吐き気がこみあげる。正しさを振りかざすのは、そんなに気持ちいいか。

「民生委員の名にかけて？　かっこいいな」

やれるもんならやってみろ。ついに降り出した雨が一滴、額に落ちる。その容赦ない冷たさが、今はむしろここちよかった。

5

沖が働いている老人ホームは、川の傍にある。

「春になると河川敷に菜の花が咲くらしいよ」

「へえ、そうかい」

「あと桜」

沖から聞いた話をそのまま喋っている。

「桜はいいよねえ」

善一郎の緩慢な歩行速度に合わせるのも、近頃ずいぶん慣れてきた。

ほんとうは菜の花も桜もどうでもいい。どっちかというと土手から見える『メゾン・

ド・川』というアパートのほうが興味深い。なんだ川って。

どいつもこいつも灰色がかっている、というのが、沖の勤める介護付き有料老人ホームに足を踏み入れた最初の感想だった。髪の色だけでなく、衣服の色も肌も、灰色にくすんでいる。

壁に折り紙細工やら写真やらがべたべたとはられた長い廊下を進んでいくと、広い部屋に出る。「ホール」と呼ばれ、そこで三度の食事をとったり日中のおもな時間を過ごしたりするのだという。天井に近いところに窓があって、白く明るかった。

車椅子に乗せられてぽっかり口を開けている爺がいる。あるいは背中をまるめてじっとしている婆。うろうろと歩き回る者。

沖が比較的容易にここに雇われたのは、慢性的な人手不足のせいだと見ていてすぐにわかった。このあいだ下見に来た時、沖はダサいピンクのポロシャツの制服を着て、先輩らしき太った女に怒られていた。さっさと運んで。はやくして。それでも沖は元気よく「はい」と返事をしていた。

沖は廊下の手すりを拭いていた。なにもそこまで、と思うほどひたむきにぞうきんで汚れをこする様子に、一瞬挨拶の声が遅れた。こんにちは、と言う声が、自分のものではないようにひどく遠くから聞こえる。

「布施さん」

お世話になっております。打ち合わせ通りに、俺に頭を下げる。

「このあいだお連れしたササキさん、どうですか？」

「ええ、快適に過ごしていただいているみたいです。ここに入居できてよかったって、口癖みたいに仰ってて」

「そうですか。それはよかった」

このあいだ沖を叱りつけていた太った女が車椅子を押しながら通りかかったので、大きな声で「どうも。おつかれさまです」と声をかけた。太った女の職員は怪訝な顔をしながらも、頭を下げる。

「今日も忙しそうですね！」

「ええ、まあ……」

知り合い然とした顔で話しかけられて、無視したり正面切って「どちらさまでしたっけ」と言ったりできる人間は、そう多くない。

小柄な婆さんがひとり、廊下を歩いてくる。沖を見つけて「ああ、いたいた」とはしゃいだ声を上げる。

「ねえ、そろそろ東京から手紙が来る頃でしょう？」

わたし、お返事を書かないと。乙女のごとく、胸の位置で両手を合わせる。なんのこっちゃ、と思ったが、沖は「そうですか、それはいいですね」と調子を合わせている。

「それじゃあ、部屋に戻りましょうね。ホールのほうがいいかな」

「電話がね、嫌いなのよあの子はね。そうだったでしょう」

ええ、ええ、と頷きながら、沖は婆さんの背中に手を添える。俺と善一郎に小さく頭を下げて、ホールへと入っていった。

「わりあい、いいところみたいだな」

善一郎が言った。沖を目で追っていた俺は、一瞬当初の目的を忘れていた。

「あ、うん」

アットホームな感じでしょ、と調子を合わせる。

「食事も悪くない、って入居者の人は言ってるよ」

また沖を目で追ってしまう。沖は婆さんを椅子に座らせ、ふたことみこと喋ってから、歯を見せて笑った。

沖のいきいきした様子が、俺の足元の地面をはげしく揺らす。その場に立っていられないほど。

「なあ、あんた、どうかしたか」

気がつくと、善一郎が俺を見ていた。皺にうずもれたこの目に、今の俺はどううつっているのか。

「だいじょうぶか?」

なにがだよ? ええ、なにが? お前に俺のなにがわかるんだ、ええ? そう怒鳴り散らしてやったら、思いつく限りの罵倒の言葉を並べたて、ホールの椅子を手当たり次第に投げ飛ばし、年寄りどもの髪をつかんで引きずり倒してやったら、善一郎はどんな顔をするだろう。

「……なんでもないよ。さ、帰ろうか」

ぼろが出ないうちに退散だ。善一郎の背中を押して出口へ急ぐ。

今日はありがとうな、とホームを出てから善一郎が言った。

「これ、とっといて」

俺の上着のポケットになにかをねじこんでくる。

「なにこれ」

「あとで、あとで見てくれよ」

鼻の下をこすって笑う。金一封。そんな言葉が頭をよぎるが、目の前で金額をたしかめることはさすがにためらわれる。

アパートに送り届けてから、ポケットをさぐる。白い封筒のなかみは、あきらかに紙幣ではなかった。さわった感じでなんとなくわかる。

いつか、孫に会ったら渡すと言っていたお守りだった。「厄除け」と書かれた紫色のそれを、目の高さにぶらさげてしばし見つめる。なんだかわからない苦いかたまりが喉の奥からこみあげてきて、しばらくその場から動けなかった。

6

廊下のつきあたり、沖が「父の書斎」と呼んでいた部屋の扉に手をかけた。ぎい、と音が鳴る。

今日は、沖の母は総合病院にいる。検査には半日かかるそうで、沖は母親から「あんたのつきそいなんていらない」とはげしく拒まれながらも、むりやりついていった。

今は物置、という言葉のとおり、巨大な段ボール箱がいくつも「とりあえずここに」という感じで乱雑に積まれていた。何年も入れ替わっていない、湿度を含んだ空気は重たくて、足元に溜まる。

壁の二面に本棚があって背表紙には「教育」とか「児童」というような言葉が散らばっ

ている。「昆虫」もいくつかそこに紛れこんでいた。

ここに通帳があるとは思えないが、仏壇のある部屋や沖の母の寝室などめぼしい場所はあらかたさがしつくしてしまった。居間のテレビ台の下から家の権利関係の書類や生命保険の証券などが出てきた時には「ついに」と胸がおどったが、通帳の類はなかった。

解約してしまったのかもしれないが、だとしても沖の母名義の口座の通帳のひとつやふたつ見当たらないのはおかしい。

いちばん近くにあった段ボール箱を開けてみた。古びた衣類がぎっしり詰まっている。

壁際の段ボール箱を開くと、紙の束が出てくる。ぜんぶテストの答案だった。四十八点とか、三十二点とか、そんなのばっかり出てくる。良くて五十五点。十七点もある。沖の母は息子のテストの答案をすべて保管しているのだろうか。

まったく勉強したことがない俺でも、テストではもうすこしましな点数を取っていた気がする。通知表もあるが、見る気にもなれない。

新たな段ボール箱を開ける。こちらにはなんだかわけのわからない道具が入っている。煙草の箱よりちょっと大きい箱は、蝶の標本だった。

目に染みる程真っ青な翅(はね)。こんな蝶、はじめて見た。自分のかばんにほうりこむ。もしかしたら金になるかもしれない。かばんはいまや、領収書の束や名刺、偽宝石のケースでぱんぱんにふくらんでいる。

虫のことはまったくわからないが、きれいなものほど高く売れる気がする。しばらく、物色を続けた。

「なんだこれ」

思わず声に出して言ってしまうような、へんてこな標本が出てきた。ピンで留められた蝶の翅が、左右で色も大きさも模様も違う。右は黒に青のラインが入ったようなあんばいで、左は茶色に白のまだら模様だ。二匹の蝶をくっつけたのかと思うほどに異様な姿をしていた。胴の上部は黒く、尻尾に近いほうは白い。しげしげと眺めて、すこし迷ってからそれも入れた。左右非対称な蝶なんて不気味だし、きっとどこにも売れないだろうが、なんとなく気に入った。アンバランスなものに、時々強く惹かれてしまう。たとえば沖のように。

ポケットの中のスマートフォンが鳴る。電話は沖からだった。

「どうしよう、お母さんがいなくなった」

診察と検査を終えて待合室で会計の順番を待っている時、沖がトイレに行くために席をはずした数分のあいだに姿を消してしまったという。

「連絡とれないのか？」

「携帯にかけてるけど、出ない」

「そこで待ってろ」

いちいち、手のかかるやつだ。


数年前にできたばかりの巨大な総合病院の入り口で、沖がしょんぼりと立ってるのが見えた。肩を落として俯く様子はまさしく「しょんぼり」としか言いようがない。

駆け寄ってくるなり、「トイレに行って、戻ってきたらいなくて」と電話口でしたのと同じ説明をする。

「お前、なんか機嫌を損ねるようなことでも言ったんじゃないの。それで怒って、先に帰っちゃったんじゃないの、お前残してさ」

「そんなことはしないと思う」

そうか？　という言葉は、ぎりぎりで飲みこんだ。血の気を失った沖の頬が、そうさせた。俺には、沖の母が「そんなこと」をする人間に見える。そして沖は、今でもまだ母親に置いてきぼりにされて泣きそうになっている子どもだ。

「病院の中で迷子になってんじゃないのか、ほらここ、広いし」

自分まで一緒にあたふたするわけにはいかない。警備員と受付に声をかけ、院内放送で名を呼んでもらったが、反応はなかった。

「見つかったら電話してください」

受付の女に言い残し、外に出る。バスを待つ年寄りどもの顔をのぞきこむが、婆さんの顔なんてみんな同じに見える。首筋にあたる陽射しが花の棘のように肌をひっかく。額に汗が滲む。

どうしよう、どうしよう。沖の声が悲鳴に近づいた時、沖が手にしていたスマートフォンが鳴り出した。

「知らない番号だ」

もしもし、と電話に出た沖のスマートフォンに、俺も耳を寄せる。染雨駅前交番ですが、と言う声が聞こえた。

「はい」

はい、はい、と答えるうちに、すこしずつ沖の表情がやわらいだ。

「そうです、母です。ありがとうございます、すぐ行きます」

交番のガラス窓越しに、沖の母の背中が見えた。いかにも心細そうに丸まっている。俺たちが入っていくと、さらに身体を縮こまらせた。

「駅の階段の途中でしゃがみこんでいたのを見つけた若い女性がいて」

丸い顔をした警官が言うには、その「若い女性」が「だいじょうぶですか？」と声をかけたところ、自分の名前すら言えなかったので、交番に連れてきたとのことだった。沖はその女に礼を言いたがったが、連絡先も残さずに帰ってしまっていた。

「おばあちゃん、よかったね。息子さんたち迎えに来てくれたよ」

警官は俺も息子だと勘違いしている。

のろのろと顔を上げた沖の母は、そっくりな皮をかぶった別人に見えた。なにかが違う。なにかが、ぜったいに、違う。

「お母さん、帰ろうか」

「ひとりで歩けますよ」

だが、さしのべられた息子の手を払いのける、その口調も仕草も、どうしようもなくいつもの沖の母だった。沖が俯いて、唇を噛む。

いつもなら俺たちを遠ざけようとする沖の母は、やけにおとなしく俺たちのあとを歩いてくる。沖は交番を出てから、ひとことも発していない。

家についたとたん、腹が鳴った。

「なあ、なんか買ってこようか」

沖はぐったりと椅子に背中を預け、こちらに視線を向ける。肩で息をしながら、そうだね、お弁当でいいんじゃない、と大儀そうにそれだけを口にした。

「お弁当？」と俺を見上げる沖の母は唇をとがらせている。以前にこの口もとを見た時はものすごく年寄りくさいと感じたのに、今日はむしろ幼児じみていた。手のひらにかいた汗が、ものすごいスピードで冷えていく。

不満そうにしていたくせに、弁当を前にした沖の母は大きく口を開けてどんどんおかずをほうりこんだ。沖が箸を止めて、その様子をじっと観察しているのに気づく。

「もっと食べたい」

弁当を平らげ、戸棚の抽斗を開けてごそごそやりはじめた。沖があわてたように立ち上がる。

「仏壇のところにおまんじゅうがあったよ」

近所の人にもらったんじゃない、ね、お母さんそうだよね。沖が喋っているのに、ろくに返事もせずに包装をむしりとる。ひとくちサイズのまんじゅうが三十個ばかり並んでいた。ひとつ。またひとつ。その口に、吸いこまれていく。

「お前の母親さ」

帰り道で、ようやく口を開いた。あの家の中では、どうしても言えなかった。

「認知症ってやつじゃないのか」

「うん、そうだね」

存外あっさりと頷くので、拍子抜けしてしまう。

「気づいてたのか？」

なぜか、沖の歩く速度がはやくなる。

「……いつから？」

「老人ホームにいる人たちと、言うこととかやることが似てる気がして」

たまに、別人みたいな顔する時もあって、と続ける。

運が向いてきた。このまま順調にボケてくれれば、二百万円を得ることもたやすい。

「ねえハセ、今日行った病院に、ものわすれ外来っていうのがあるんだ。明日、あそこに行こうと思う」

沖は歯の痛みに耐えるように頬に手を当て、顔を歪めている。沖、と呼ぶ声がぶざまにひっくり返った。

「復讐するんじゃなかったのか」

沖は答えない。なあ、と腕をつかんだら、振り払われる。軽くよろめいただけで転びはしなかったが、地べたに叩きつけられたように感じた。

「……どうしたんだよ、沖」

わかんないよ、と叫ぶ声が半分泣いていた。通りかかる人々が振り返る。すれ違いざまに、咎めるような視線を俺に投げる女もいた。

「ほんとに認知症かどうか、はっきりさせたいんだよ。治療っていうか、リハビリとか薬とかで、症状を遅らせたりすることもできるって前に聞いたことがあ……」

「だから、なんでそんな治療を受けなきゃならないのか訊いてんだよ」

お前の目的は、あの母親から金を取ることだろ？　と言いかけて、呼吸が止まりそうになる。沖の視線はそれほどに、鋭かった。

「……明日、もう一回病院に連れて行く」

「じゃあ……俺も行くよ」

明日は清掃の仕事も休みだし、ちょうどいい。

「ハセは、来なくて、いい」

ゆっくりと、沖が言う。ゆっくりだが、強い口調だった。

「ハセには関係ない」

関係ない。その言葉に、鼓膜の奥がきんと鳴った。誰に殴られた時よりも強く、大きく。

7

来なくていい、と言われたが、むりやりついてきた。昨日みたいに「トイレに行っているうちにいなくなった」みたいなことがあったら困るだろ、と説得したのだが、ほんとうは沖に勝手なことをさせないように監視するためについてきたのだ。

沖が、俺を誘ったのだ。「復讐したい」と引っぱりこんだのだ。今更「ハセには関係ない」などとは言わせない。

あらためて見ると、新しくて、でっかくて、清潔そうな病院だった。ロビーは吹き抜けになっていてひどく明るい。病院内にカフェまである。診察室に、俺は一緒に入れなかった。

「カフェで待っててよ」

そっけなく言い、沖は母の背中を押して、扉の向こうに消える。カフェのいちばん安いコーヒーを買って、奥の席に陣取った。隣のテーブルには婆さんと、中年の女がいる。婆さんは車椅子にのせられている。口がOの字に開いているが、目はかたく閉じたままだ。

「お母さん、ここで待っててね。飲みものを買ってくるから」

そう告げてから女は婆さんの口もとに耳を寄せる。

「すぐだから。ね？　待ってて」

すぐだから、ほんとに。女が小声で何度も繰り返している。ふと見ると、婆さんは女の服の袖をつかんでいた。幼児が母親のスカートを握るような、異様な切実さを感じる。指を一本ずつ開いて、はずす。トートバッグが床に落ちているのに気づいて、拾い上げた。

「すみません」

戻ってきた女は、化粧っ気がない。近くで見ると存外若そうだった。と言っても、四十は過ぎているだろうか。結婚指輪はしていない。

「きれいですね、それ」

トートバッグには手のこんだ刺繍がほどこされていた。

「ありがとうございます」

ほんの一瞬、光が射したように女の表情が明るくなる。

「私が刺したんです」

「へえ、すごいな」

糸ではなくリボンをつかった刺繍なのだという。だから立体感があるのだ。へえ、と感心してもういちど眺める。世の中にはいろんな、俺の知らないものがある。

「お見舞いですか？」

女がマグカップを口に運ぶ。上唇に白い泡がついたのを、舌でなめとる。かちあった視線を、ものすごい勢いでそらされた。

「いえ、ものわすれ外来に来ました。今、ええと、弟と母が診察室にいます」

ものわすれ外来、という言葉に女が反応した。

「うちもですよ」

車椅子の婆さんのほうを気にしながら、声をひそめた。五年前に認知症と診断されたそうで、さらに足も不自由であるという。置物じみているが、飯も食うし排泄もする。小柄な婆さんひとりでも、女の力で抱えたり支えたりするのは、容易ではないはずだ。

女は、実家で母親とふたり暮らしだという。兄がふたりいるが、結婚してそれぞれ家庭があるし、在宅の仕事をしている自分が母親のめんどうをひとりで見ているのだと言った。

「ひとりで、ですか。それはたいへんですね」

「いえいえ」

私なんかは、そんな。女が目を伏せて、首を振る。

「だってたいへんでしょう、ひとりで、なんて」

ひとり、と俺が言うたび、小石をぶつけられたように身をすくませる。さびしい。さびしい。全身で叫んでいるような女だ。さびしい。さびしい。さびしさは利用できる。

「私は末っ子で、母にいちばんかわいがられたから、その恩返しだって兄たちが言うんです。それに、母は女の子にめんどうを見てほしいんだって、あのほら、お風呂とか、そういうの、同性だと恥ずかしくないでしょ。だから、私しかいないんです。母のめんどうを見られるのは、私しかいないんです、ほんとうに」

すみません。ひとしきり喋ってから、女は口に手を当てて、俯く。

「いきなりこんなこと聞かされても困りますよね」

「あ、だいじょうぶです、俺もその、じつは」

じつは、と言いながら声をひそめて、女に身を寄せる。

「……心細くて。今、すごく」

女が大きく頷く。

「認知症のこととか、その、よくわからないし。でも、誰にも訊けなくて」

「わかります、わかります」

「こういうこと、話せる相手が欲しかったんです」

身を乗り出した女の唇はかわいて皮がめくれ、額のあたりの皮膚が粉を吹いている。髪を耳にかけたら、白い筋が走っていた。

「……あの、これ」

差し出されたメモには、木崎瑛子という名前と携帯電話の番号が書かれていた。

「なにかわからないことがあったら、連絡してください」

力になれるかどうかわからないけど。女がぎこちなく笑う。へんな意味じゃないんです、とあわてたように言い添えもした。

「心強いです」

偽の宝石はまだふんだんに残っている。

「かならず、連絡させてもらいます」

木崎瑛子の頬が赤く染まった。ささくれた指が、刺繍の花をせわしなく撫でる。

やはりというかなんというか、沖の母には認知症の診断がおりた。診察室を出てカフェに入ってきた沖は、両腕をだらりと下げている。

「なにか飲むか」

「いいや、帰ろう」

沖の母の輪郭が薄い。目の前にいるのに、触れられないような感じがする。

帰りの電車はそこそこ混んでいた。優先席を見つけて沖が母親を座らせるのをつり革につかまって見守った。

「お母さん、寒くない？　冷房、直接あたってない？」

甲斐甲斐しく自分の上着を肩にかけてやったりもしている。どこかうれしそうに見えるのは気のせいだろうか。

「なあ、さっき、病院で女と知り合った」

隣でつり革をつかむ沖に小声で話しかけた。

「へえ、よかったね。きれいな人？」

すこぶる間の抜けた返答だった。

「なに言ってんだ。じきにお前に引き合わせるよ」

あの女なら、簡単に落ちる。毎日毎日婆さんの介護で、さぞ飢えていることだろう。なにに飢えているって、ありとあらゆるものにだ。

「ネックレスでも指輪でもなんでもいい。まだ残ってるから、あれを売りつけよう」

すこし興奮して、べらべら喋り過ぎてしまっていたかもしれない。沖が最初になにか言った時、聞き逃した。

「え？」

「いやだ、って言ったんだよ。前にも言ったでしょ」

沖の声がひどく上擦っていた。乗客数名がなにごとかというように顔を上げる。

「もうやりたくないよ。女の人を騙すとかもうそういうの、うんざりだ」

「バカ、声がでかいんだよ」

袖を引いた手を振り払われた。

なあ、いいか。声をひそめて、説得を試みる。木崎瑛子は、あの「えっちゃん」とは違う。逆に騙される心配はきっとない。ちょろい女だよ、なあ、簡単に稼げるはずだから。

「ほんとにもう、かんべんしてよ」

蠅を追い払うような手つきを、沖がする。

「嘘ついたり、騙したり、騙されたり、もうそういうのほんとに……やめない？」

口の中がからからにかわいていた。

沖は今、混乱している。復讐したいと思うような母親であっても、やはり認知症になったと聞けばおだやかではいられないのだろう。でなければ「ハセ、ハセ」といつも後ろをついてきた沖が、俺に向かってこんなことを言い出すはずがない。手を振り払ったりなんか、するはずがない。

ただごとではない空気を察したのか、沖の母が腰を上げた。

「だいじょうぶだよお母さん、心配しないで」

沖の母の隣に座っていたおばさんが尻をずらした。「どうぞ」とぎこちなく沖に微笑みかける。

「お母さん、だいじょうぶ、だいじょうぶだから」

母の隣に腰をおろした沖は、その手をとってさすった。

「やさしい息子さんねえ」

感に堪えぬ、という声をおばさんが漏らした直後に、沖の母が両手で顔を覆った。くぐもった嗚咽(おえつ)が、指のあいだからこぼれる。電車の中が静まり返った。さっき俺に向けられた無遠慮な視線が、今度はそちらに注がれる。

「……お母さん」

丸まった背中に、沖が手を置く。

「だいじょうぶ。心配しないで。だいじょうぶだよ」

診断結果が今頃になって胸に重くのしかかってきたのか。ずっとこらえていたのにこの瞬間我慢の糸がとつぜんぶつりと切れたのか。

「お母さん、僕がいるから」

僕がいるから。心配しないで。やわらかい布でくるむような声で、沖が繰り返す。

つり革をつかんでいた自分の手が、ずるりと滑り落ちるのがわかった。

車掌のアナウンスが、俺たちが降りるべき駅の名を告げる。沖が自分の母親の背中を支えるようにして電車を降りていく。目の前で、電車のドアが閉まる。沖が振り返った。ガラス越しに視線が合う。

沖の唇が動いたが、なんと言ったかは読みとれなかった。電車がゆっくりと動き出して、俺たちを引き離す。さて、どこまで行こうかな。揺れる電車の中で、ひとりごつ。行く場所なんかないくせに。


誰に拒まれても平気だった。男も女も、誰も好きじゃなかった。好きじゃない人間に、好かれようが、嫌われようが、いっこうにかまわない。

拒まれたくない。沖に出会って、生まれてはじめてそう思った。

でたらめに電車を降りて、でたらめに歩いた。クソみたいな寮に帰る気がしない。はじめて来る街なのに、見たことのあるものばっかりだ。同じドーナツ屋、同じカラオケ屋、同じコンビニ、同じようなごちゃごちゃしたマンションやビルの並び。お前の足で行ける場所など、どこもこの程度のものなのだと街に嘲笑(あざわら)われている気がする。

腹立ちまぎれに転がっていたゴミを蹴ったら、白いレジ袋が足にまとわりついた。

俯いた首筋を、雫が打った。なにかの罰のように冷たい雨が、肩や髪を濡らす。寒い、寒い、寒い、寒い。沖たちは濡れずに家に到着しただろうかと、そんなことばかり考える。

雨はまもなく、止んだ。雲に隠れていた太陽が顔を出したが、すでに傾きつつあった。駅前の通りで、ふたりの男が熱唱していた。ひとりはギターをかき鳴らし、もうひとりは首から提げた太鼓みたいなものを叩いている。人だかりと呼ぶにはあまりにもまばらな人数の客が集まっていた。

足元で開かれているギターケースに今いくら小銭が集まっているのか知らないが、あんな歌ではいくらも稼げないだろう。歌うというより喚いているみたいだ。

歩道には違法駐輪の自転車があふれかえっている。街路樹の下にベンチを見つけて、腰をおろした。先客がひとりいたし、さっきの雨で座面はじっとり濡れていたけど、かまうもんかと思うぐらいには歩き回って、疲れていた。

端に座っていた帽子を目深にかぶった男は、足のあいだに白い杖をはさんでいる。座ってから気づいた。爺と呼ぶにはまだ若い。けれども俺よりはずっと年を取っている、ように見える。

「耳障りな歌だ。そうだろ」

男が俺に顔を向ける。

そうだな、と言うのもしゃくで、黙っていた。

男は口笛をふきはじめる。やけに大きく響いて、ふたり組の歌を聞いていた数人がこちらを振り返った。対抗するかのように、歌声が更に大きくなる。

「ハスミはもっとうまかったよ。歌もギターもな。流しをやってただけのことはあった」

『ハスミ』が共通の知人であるかのように話しかけてくる。あるいは、俺と男のあいだにもうひとり、誰か座っているのかもしれない。こいつには見えていて、俺には見えない誰かが。

通り過ぎていく。若い女が、年取った男が、子連れの女が、制服を着たガキが。まっすぐ前を見て、あるいはスマートフォンを見ながら。

いずれも、俺と男には目もくれない。行き交う人間たちとこのベンチのあいだは、叩き割ることのできない頑丈な、透明な壁で隔てられている。見えるし、音も聞こえる。だけど触れられないし、俺はけっして、向こうがわに行くことができない。

かといってこの男が俺に近しいかというと、そういうわけでもない。なんせ、見えない誰かと喋っているのだから。

「ハスミは……」

「ハスミって、友だち？」

たまらず、口をはさんだ。

「友だち？」

男の眉間にぎゅっと皺が寄る。口をへの字にして、まさか、と片手を振った。

「あんなもん、友だちでもなんでもない。借りた金は返さないし、女は寝取るし。そうだろ？」

「いや、知らねえよ」

いちおう、会話は成立している。どうやらこの男ははじめから俺に話しかけていたらしい。

ふたり組の歌がようやく終わった、と思ったらまたすぐに、つぎの歌がはじまる。さっきよりもゆったりとした曲調に合わせてなのか、単に元気を使い果たしたのか、さきほどまでの喚くような調子ではなくなっていた。

桜。ほんとうの気持ち。夕焼け。俺たち。一生の。絆。そんな言葉がちりばめられているような、ひどい歌だった。

どんな時も。遠くても。絆、絆、絆。俺たち、俺たち、俺たち。

虫唾が走る。

「クソだな」

「同感だよ」

自動販売機まで歩いていって、無糖のコーヒーを買った。すこし迷ってから、もう一本。砂糖とミルク入りのやつを。男に渡すと「おう」と当然のことのように受け取って、うまそうに飲んだ。

歌はいつのまにか終わっている。ふたり組は楽器の片づけをはじめていた。

「絆っていうのは、あれだ。家畜を繋ぐ綱のことだよ」

男が杖を握りしめて、ぽつりと言った。そんなもんをありがたがるのは、相手の首に綱をかける側のやつらだけなのだ、と。綱をかけられるほうはたまったものではない。

「そうか」

「絆なんてもんはクソだ」

行くよ。コーヒーを飲み干して立ち上がると、男が頷く。

「ハスミによろしく」

「ハスミは死んだ。とっくの昔に」

うっすらと赤みがかった黄金色の夕陽が水たまりに反射している。歩くたび目が痛くなった。痛てえ痛てえとぼやきながら、水たまりをよけて歩く。

8

今更、引き下がることはできない。沖の家の前に立って時計をのぞきこむ。沖は今頃、施設の仕事に行っているだろう。

脅してでも殴りつけてでも通帳を出させる。玄関の鍵は閉まっていた。人の気配はするのに、チャイムを鳴らしても反応はない。このあいだ盗んだスペアキーをさしいれて扉を開いた。

焦げ臭いような匂いがして、思わず顔をしかめた。台所の鍋から、火がめらめらと上がっている。とっさに声が出せなかった。炎の柱は高さを増して、天井に届きそうだ。沖の母の姿が見えない。どこだ。いやまず火だ。火を消さねば。一一九番。いや消火器。消火器はどこだ。

おろおろと家の中を歩きまわるうちに、沖の母が庭の花壇の前にしゃがみこんでいるのが見えた。

そうだ、空気を遮断すればいいのだ、とようやく閃く。鍋の蓋を見つけ出して、なんとかかぶせる瞬間、手首がちりっと焦げた。コンロの火を落とし、ぶすぶすとへんな音を立てている鍋を、固唾を呑んで見守った。鍋の側面は真っ黒に煤けている。

「どなたですか」

背後から声がして振り返った。いつのまにか、沖の母が庭から戻っていた。

「どなたですかじゃねえよ、火事になるところだったんだぞ」

沖の母が身をすくませる。怯えてんじゃねえ、と言いそうになった。あんたもこんなふうに、自分の息子を怒鳴りつけてきたんだろう。そのくせ、そんな怯えた顔をするな。

「すみません」

違う。謝ってほしかったわけじゃない。でもなんと言っていいのかわからない。脅してでも殴りつけてでも、という決意は完全に萎えてしまっていた。

塀にもたれて、沖を待つ。近くに学校でもあるのか、チャイムの音が聞こえる。周囲の家から煮炊きをする匂いが漂ってくる。その匂いが、ここはお前のような帰る家もない、帰りを待つ者もいない人間がいるべき場所ではないと俺を苛む。

むこうから沖が歩いてくるのが見えた。視線を落として、すこし背中を丸めている。あんな歩きかたをしていただろうか。知らない男みたいに見える沖は、まだ俺に気づかない。気づいてくれない。家の前でようやく顔を上げた。

「ハセ」

沖の口の端が持ち上がる。どうしてそんなふうに笑えるのか、俺にはわからない。

「昨日、どうして電車、降りなかったの」

どうして。どうして？　こっちが訊きたい。どうしてあんなことを言い出した？　途中であんなことを言い出すぐらいなら、どうして俺を巻きこんだ？

「……まさか、最初からそのつもりだったのか？」

お前名義の通帳だなんだって俺を騙して。金をせしめる？　あれも嘘だろ。嘘だったんだろ。だんだん声が大きくなっていくのを抑えられない。

沖と俺はふたりで幾人もの女を騙してきた。でも沖が俺にたいして嘘をつくことなど決してないと、なんの根拠もなく信じこんでいた。

「騙してなんかない」

でも、と沖は唇を嚙む。

「認知症なんだよ」

「だからなんだよ。認知症だから？　病気だからしょうがないって全部許してこれからは親孝行しましょうって？　ああ？　そういう話なのかよ？」

犬の散歩をしている中年の女が怯えたような顔で通り過ぎていく。

「だってお母さんが、あんなふうに泣くとこ、はじめて見たんだよ」

その程度の覚悟で、よくも「復讐」などと言えたものだ。呆れを通り越して笑えてくる。

「やっすい感傷に流されやがって、なんで俺がお前の親孝行ごっこにつきあわなきゃいけないんだよ」

「親孝行ごっこ？」

言ってはならないことを口走ったと、沖の青ざめた頬を見て知る。でも、もうどうしようもなかった。

「だいいち、僕もハセも向いてないんだよ。カジノとか詐欺とか、そういうのにさ。やめようよ」

「向いてないのはお前だけだろ、一緒にすんな」

「一緒だよ」

ハセは自分で思ってるより、ずっとお人よしだよ。沖がなにを思ったか、ふっと笑う。

「もう一回言う。親孝行ごっこならひとりでやれ。金が手に入らないなら、ここに出入りする意味がない。灰嶋さんのこと忘れたわけじゃないよな」

「今の職場の給料からすこしずつ返す」

「灰嶋さんはそういうのが嫌いなんだよ……だいたい、だいたいさ、お前気持ち悪いんだよ。三十の男がいまだに母親に認めてもらいたいのどうのって、なんだそれ。子どもじゃあるまいし。一度も認めてもらったことがない、って、だからどうしたよ。それがなんだよ。そんな親、こっちから捨ててやれよ、情けなくて、見ててこっちが悲しくなる」

「ハセにはわかんないよ」

ハセに、わかるわけがない。声だけでなく両脇に垂らした拳も、膝も震えている。

「認めてほしいって思うことのなにが悪いんだよ。自分はここにいていいんだって思いたい、それのなにがいけないの？　今まで生きてて一度もそんなふうに思えなかった。ここにいてもいいの？　生きててもいいの？　いっつもそう思ってた。ハセはお父さんから否定されたことなんて一度もないんだろ。認めてもらいたいと一度も思わずに生きてこられたのは、ハセが強いからじゃない。しっかりしてるからでもない。今までちゃんと自分の存在を認められてきたからだ。愛想をふりまかずに生きてこられたのは、それが許される環境だったからだ。僕みたいにいつも他人の顔色窺って生きてきた人間とは違う。学校に友だちがいなくても、ハセのお父さんだってあの薬局のおばちゃんだって、そのままのハセを受け入れてくれたんだろ。そんな人は僕のまわりにはひとりもいなかったよ。子どもじゃあるまいしって、さっき言ったね。そうだよ僕は子どもじゃないよ、子どもの頃に子どもであることを許してもらえなかったんだよ。そんな人間がちゃんと大人になんかなれるわけない。でも、そのことにちゃんと向き合うことにした」

向き合うために、お母さんの傍にいることにした。沖のその言葉で、膝から力が抜けた。

「あの、遼太郎……」

いつのまにか、沖の母が立っていた。玄関の戸を開けて不安そうにこちらを窺っている。

「お母さん、だいじょうぶだよ」

「遼太郎、あのね……」

沖の母の手に、アルミの片手鍋が握られている。

家に入っていこうとする沖の背中に、声をかけた。言うべきことをまだ言っていない。

「おい、二度と料理させんなよ。じきに家が燃えるぞ」

沖は立ち止まるが、振り返らない。びりびりと電流が走っていそうな背中だった。

「すみません」

沖の母は肩をすくめて、さっきと同じことを言った。目が合うと、片頬をくしゃっと歪ませる。笑ったのだ、とすこし遅れて気がついた。とりつくろうようなへたくそな笑顔を見て知った。俺はたった今、沖の母を傷つけたのだ。

ただただ、やみくもに歩きつづけた。昨日の晩ほとんど眠っていないのに、不思議なほど疲れを感じなかった。頭の奥がしんと冷えて、みょうに冴えている。

まこと、まこと、と繰り返す声が聞こえる。それが自分の名前であることにも、他ならぬ自分に向けられたものであることにも、しばらく気づかなかった。

肩を叩かれて振り返る。太い手首に手さげをかけたトクコが息を切らしながら立っていた。

「何回も呼んでんのに気づかないんだもん。なにしてんの？　ねえどこ行くの？」

無意識に薬局の近くをうろついていたらしい。野良犬と変わらない。

あの薬局のおばちゃんだって、そのままのハセを受け入れてくれたんだろ、という沖の言葉を思い出す。卑しい。身震いするほど、自分の卑しさが恥ずかしかった。承認を、肯定を、恵んでもらいに来たのだ。食べもののかわりに。

「なにって……関係ないだろ」

「関係ないけど興味ある」

歩き出すと、トクコがあとをついてくる。太っているくせに存外歩くのがはやい。

「あんた、ちゃんとごはん食べてる？　痩せちゃってまあ」

あとをついてこないでくれ。そんなことを言うのはやめてくれ。親切にするのはやめてくれ。二度と来るなと追い払ってくれ、卑しい野良犬なんだから。

背後から腕をガッとつかまれた。トクコの顔面がずずいと迫ってくる。

「お花見しよう」

「は？」

「やま公園、きれいに咲いてるのよ」

やま公園、というのは正式名称ではない。俺を含むここいらの人間は公園の正式名称をなぜかちっとも覚えない。あたりまえのように、山の上にあるからやま公園で、タコの遊具があればタコ公園と呼んでいる。

「桜ならもう散った」

「つつじはまだ咲いてる」

つつじの花見なんて、聞いたことがない。引きずられるようにして歩いていく。途中、通りかかったスーパーに入らされた。

「あんたカート押して」

カートを押しつけられて、しぶしぶ持ち手をつかむ。トクコは惣菜やらペットボトルのお茶やらを次々とカゴにほうりこんでいく。

「あんたこれ、いくつ食べる？　かぼちゃコロッケ」

トングを片手に振り返るので「いらない」と首を振る。

「あっそ」

透明のパックに、かぼちゃコロッケをふたつも入れている。

「焼き鳥は？」

「いらない」

「これは？　チーズ入りメンチカツ」

「いらないって、だから」

「あら、穴子の天ぷらだって。いやこれ、おいしそうよ」

素っ気ない返答にもめげることなく、つぎつぎと惣菜をトングで指す。

「……じゃあ、それ一個」

へんな感じだった。ごくあたりまえに誰かとスーパーで買い物をしている。しかも相手は友だちとか恋人ではなく、薬局のおばさんだ。

「あんた、お酒は飲まないんだったよね」

「うん。……なんで知ってんの」

「たしか六年ぐらい前に聞いた」

「そんなこといちいち覚えてんじゃねえよ」

トクコはいっこうに意に介さぬ様子で「あたしも飲めないから、ああ一緒だな、と思ったのよね」とにこにこしている。

スーパーを出るともうすっかり暗かった。すれ違う誰もがほんのすこし早足に感じられる。こいつらには帰りたい家がある。

やま公園には、何度か行ったことがある。低い山を切り開いてつくったもので、街が一望できる。といってもなにぶんしけた街だから、夜景なんてたいしたことはないのだろう。夜には、一度も行ったことがない。

たしか、まだうんと小さい頃だった、あの公園のベンチで腹が痛いふりをしろと父に命じられて、そうした。寸借詐欺の片棒をかついだ、おそらくもっとも古い記憶だ。

飲めないって言えばさあ、となにかを思い出したらしいトクコが歩きながら、ゴフッと噴き出した。

「薬局によく来るお爺さんがいるんだけど、その人も一滴も飲めない体質らしいのね。でもみんなには『若い頃飲み過ぎて肝臓こわしたから飲まないことにしてる』って言うんだって。見栄はってるんだって、おかしいよねえ」

「バカな爺だな」

「その人、すぐ見栄はっちゃうの。駅前に貸地を持ってるからお金はあるとか」

思わず立ち止まって、笑っているトクコの横顔を窺う。どこかで聞いたような話だ。

「薬局に来てる人たち、みんな嘘だってわかってるけど、黙ってるの。あたしもね。善さん、あ、その人の名前ね。善さんが見栄はりたい気持ちもね、なんとなくわかるからさ」

「……そうか」

つまらない嘘をつく善一郎もバカだが、それを鵜呑みにした俺も、たいがいだ。

公園の入り口から延びる長い石段を見上げた。てっぺん近くは、暗くて見えない。

「エレベーターで行こうよ」

トクコは階段から逸れて、灰色の筒のようなエレベーターに向かっていく。俺が子どもの頃には、こんなものはなかった。

「何年か前にできたの、バリアフリーってやつ」

てっぺんの公園は、記憶よりも狭かった。ブランコとすべり台と鉄棒があって、ただそれだけ。転落防止の柵に沿って植えこまれたつつじは白い花だけがぼんやり浮かび、紅色の花は闇にのまれ、わずかな輪郭だけを描いている。

「あら、先客」

ブランコがかすかに動いている。顔を上げた女は、民恵だった。

「あー！」

頓狂（とんきよう）な声を出して、俺の顔を指さす。

「やだ知り合い？」と驚いた顔をするトクコと「あんたいつもお年寄りと一緒にいるの、ほんとなんなの」とへらへら笑う民恵を見比べる。

「誰がお年寄りよ」

怒るトクコを無視して、民恵は俺の顔をじろじろと見る。俺のほうは民恵が手にしている缶から目が離せない。

「民生委員がこんなところで酒飲んでていいのかよ」

「はあ？　べつにいいでしょ」

あんたに関係ない。民恵は子どものように頬をふくらませる。関係ないし興味もない俺は踵を返して公園を出ようとしたが、トクコに押しとどめられた。

「花見をするのよ、花見を」

どうしてもここでつつじの花見をするのだという強い意思を示しながら、トクコは俺をおしのけ民恵の隣のブランコに尻をねじこんだ。買い物袋を持たされたままの俺はしかたなくブランコの横のベンチに腰をおろす。石でできていて、ひんやりと冷たい。ブランコの足もとにつぶれた缶がひとつ転がっていて、すでに二本目と知れた。

「あんた民生委員なの？　若いのに。たいへんでしょ」

「まあね。いやなことばっかりですよ」

民恵は缶を呷って、手の中でつぶした。それで、やけ酒か。鞄から三本目を取り出す。

「おい、だいじょうぶかそんなに飲んで」

トクコはまるで平気な様子で、俺に向かって「眞、おにぎり取ってよ。まぜごはんのほう」と手を出した。袋をさぐって、それらしきものを渡す。

「あんたもてきとうにそのへんの食べなさいよ。コロッケはこっちにまわして」

トクコは「食べれば」と民恵にコロッケをすすめている。民恵もすっかりトクコのペースにのせられて初対面なのに「え、じゃあソースあります？」などと訊ねている。なんだこいつら。ついていけない。

「そういえば今日は、あの子は一緒じゃないのね」

あのほら、かわいい顔の。トクコが言っているのはもちろん沖のことだ。聞こえなかったふりをしたが、民恵が「沖さんの息子でしょ」と身を乗り出した。ブランコが一瞬大きく傾ぐ。

「息子さん、甲斐甲斐しくお世話してるらしいじゃない。近所の人がそう言ってた」

「こそこそ嗅ぎまわってんじゃねえよ」

「しかたないんですぅー、それが民生委員の仕事なんですぅー」

小学生か、と顔をしかめる俺を横目に民恵が缶を呷る。得意げにふくらんだ小鼻が、拳を叩きこみたくなるほど憎たらしかった。

「……母親ってそんなに大事か」

恨みがましい自分の声が、ぼてり、ぼてりと公園の土に落ちる。

「わかんねえよ。そんなに……認めてほしいのか」

認められたいという感情は、俺にも理解できる。誰だって持ってる、ごくあたりまえの感情だ。ハセは、すごい。ハセは頼りになるね。沖が言うたび、満たされてきた。

幸福だった。沖と出会ってからの日々は。目が眩むほどに。どんなに金がなくても、みじめったらしくよれた服を着ていても。沖から絶えず注がれる肯定は、俺がはじめて手にした富だった。そしてそれを、俺はもうすでに失っている。

ここにいてもいいのか？　生きていてもいいのか？　いつもそう思っていたと沖は言った。あいつが不安を抱えていることぐらい、気づいていた。笑顔でいながら、いつも沖の目の奥には不安が滲んでいた。

いつだって、そんな沖をまるごと肯定してきたつもりだった。沖が俺にそうしてくれたように。仕事ができなくても、ヘマばかりしても、漢字が読めなくても、それをバカにしたり否定したりしなかった。どれだけ迷惑をかけられても、沖は沖のままでいいと思っていた。

なにがあってもそばにいた。借金も一緒に背負った。でも俺の承認は、沖にとっては無意味なものだったのだ。

民恵が咳払いをひとつして「あのさあ、一般的には……」と言い出すのを「一般的な話なんかしてない。俺は俺と沖の話をしてるんだ」と遮る。「一般的には」も「常識的には」も、今は心底どうでもいい。

トクコはもりもりとふたつめのおにぎりをほおばりながら「やだやだ、人の話を遮るんじゃないよ、感じの悪い子だね」と俺を睨んだ。「さ、続けて」と、民恵の背中をばしっと叩く。

民恵は小さく首をすくめて、それから「……あーあ」と片手で顔を覆った。

「私やっぱり、民生委員とか向いてない。ハセみたいなやつこの世でいちばん嫌いだもん」

やっと本音で喋り出した。いっそ清々しい。

「不幸ぶっちゃって、バカみたい」

「俺はお前のこと全然好きじゃないんですぅー、好きじゃない人間にどう思われようが平気なんですぅー」

さっきの民恵の口調を真似してやったが、たいした爽快感は得られず、むしろ気恥ずかしくなっただけだった。遠くで犬が吠えている。救急車のサイレンと、誰かの話し声。この街の夜は意外と、にぎやかだ。

民恵が「私はね、人の役に」と言いかけ、いきなり「ウウッ」と泣き出した。酔っぱらいというものは、なぜこれほどまでに人をうんざりさせるのか。

「人の役に立ちたいと心から思えるような、そういう人間になりたかった。母みたいに」

「んま、あんたお母さんみたいになりたかったの？」

トクコがいつのまにかブランコからおりて、民恵の背中をさすっている。

「母はいつも、いつも、他人のことで駆けずりまわってる人だったんです。今だってそう。ボランティアサークルを三つもかけもちしてるし」

「あらあ、忙しそうね」

トクコの返答は微妙にずれている気がしたが、民恵はかまわず、しゃくりあげながら話を続ける。

「でもね、家の中はぐちゃぐちゃでした。ごはんだってレトルトばっかり……母がたっ他人に懸命になればなるほど、私も妹もほったらかしになって、ぜんぜ、ぜ、ぜんぜん、かまってもらえなかった。だって、わっ、私たちは『かわいそうな人』じゃないから。私が受験で悩んでることも、母はまともにとりあってくれなかったんです。妹が友だちとケンカして学校で孤立してる時だってそう。よっ世の中にはもっとたいへんな人がいるんだよって……だから私は」

だから私は、昔からハセが大嫌いだった。その声は咆哮に近かった。犬をつれた男が公園の入り口からのぞきこんでいる。低く唸る声も聞こえた。泥酔状態の獣相手に、なかなか勇敢な犬だ。

「そっそりゃ、家庭環境とか、たしかに同情すべき点はいっぱいあるけど、甘えてるんじゃない？　お金がないならいっぱい勉強して、奨学金をもらえばよかったじゃない。まともな道にすすもうとすればいいじゃない、それをやらなかったのはハセの努力不足だよ、環境のせいにしてさ。やればできるはずでしょ？」

努力不足。民恵の母親も中学の担任も、同じことを言った。

必死で勉強をしたら、ほんとうに「どうにかなった」のだろうか、俺は。

塾に行く金はなかった。問題集一冊ですらろくに買えないという状況を、やつらはどう考えていたのだろう。万引きすればよかったのか。万引きした問題集を必死でやって、首尾よく成績が上がったとして、その後はどうすればよかったのか。がんばって偏差値の高い高校に入って大学を目指すのか、その金はどうすればよかったのか、奨学金か？　奨学金で大学を卒業し、その後何年も何年もかかってそれを返済するために働き続ければよかったのか。

民恵の言う「まともな道」のスタート地点にたどりつくまでに、俺がどれほどのことをしなければならないのか、あいつらはわかっていたのだろうか。そこまでしなければ「がんばってる」と認めてもらえないのか。というか、世間に認めてもらわなければならないのか、俺は。そこまでしないと「甘えてる」と責められるのか。

どうすればよかったっていうんだ。

「私はお母さんみたいになれない。なろうとしたけどなれない」

「そうだよ。たぶんなれないよ。あんたのお母さん知らないけど」

トクコの言葉に、民恵が缶を取り落とす。しゅわしゅわと白い泡が、土に吸いこまれていく。

「でもさ、なれないほうがいいよ。だってお母さんにはできなかったことが、あんたにはできるかもしれないじゃないの」

民恵が小さく呻いたから、いよいよ吐くんじゃないかと思った。しかし民恵はトクコにすがりついて、本格的に泣きだした。おーんおーんと、まるで遠吠えだ。

「よーし、よーし」

民恵の頭を撫でるトクコも、調教師じみている。

「がんばったね。よくがんばったね」

どうしようもない茶番を見せられている気がした。なにががんばったね、だ。どいつもこいつもお母さん、お母さん、って。吐き捨てると、トクコが笑った。

「あんたも来る？」

こっち、まだ空いてるよ。トクコが片腕を広げる。

「ほら！　おいでよ！」

「行くかバカ」

三十代の女が六十代の女にしがみついて泣いているだけでもギリギリの絵面なのに、そこに三十代の男が加わったら地獄絵図だ。

「ほらほらお母さんの胸にとびこんでおいで」

やめろって、と呆れながら不覚にも声が震えた。トクコが俺の母親だなんて、ありえないことだ。ありえないことなのに、ほんとうにそうだったら良かった、と願ってしまった。願ったら、こんどは叶わないことに苦しまなければならなくなるのに。

民恵はそのまま、小一時間ほど泣き続けた。静かになったと思ったらまた泣き出す。その繰り返しだった。酒がぜんぶ涙になって出てしまったのではないだろうか。瞼をぼってり腫らした不細工な顔で、俺を指さす。

「ハセ、今、今あんた私のことバカにしてるでしょ」

「してるよ」

だって実際バカだし、と言おうとして、それも違うと思い直した。バカというか、不気味なのだ。

民恵だけじゃない。いまだに母親に認めてもらいたがる沖も、娘をほったらかして民生委員の活動に精を出していた民恵の母も、沖を理想の息子の型にはめようと躍起になった沖の母も、ひとしく歪んでいる。それぞれに親を、子を、愛していたはずなのに。

でももしかしたら、愛とやらはそもそもいびつで、醜悪なものなのかもしれない。誰もが愛とは美しく崇高なものだと思いこんでいる。だから愛ゆえに起こす行動は正しいと勘違いしてしまう。

子どもを愛していない親なんていないとか、親に愛されたくない子どもなんていないとか、そんなのはたわごとだと思ってきた。けれども、それもまた違ったかもしれない。愛しているからこそ、まちがってしまう。踏みにじってしまう。押しつけてしまう。俺もまた美しく崇高なものこそが愛だと勘違いしていたのだ。

ああ、そうか。とつぜん視界が開けた。

すべての愛は正しくない。正しい愛などというものは存在しない。この世のどこにも。

俺が沖に注いできたものもきっとそうだ。

顔を上げると、三日月が光っていた。ひんやりと青白く、こわいほど完璧だった。完璧に美しい月の下に、無数の美しくない愛を抱えた人間が、ひしめきあうようにして生きている。

第三章

1

誰かの口から吐き出され、床にへばりつき、何度も何度も人の足に踏まれたガムは黒ずんでかたくなっている。へらでこすってもこすっても、なかなか剥がれてくれない。ショッピングモールは冷房が効いているが、必死でへらを動かしているせいか額に汗が滲む。首にまいたタオルで乱暴に拭った。

沖と口論になって別れてから、およそ二か月が過ぎた。

掃除用具を積んだカートを押しながら、長い廊下を歩いていく。子連れの女が向こう側からやってきた。風船をもった幼児と手を繋いでいる。抱っこひもからのぞく赤子の手足はふっくらと白い。おそらく俺より若いこの女は、すでにふたりも子どもを産んでいる。

「映画のあとに、ごはん食べようか」

「みーちゃんドーナツがいい」

「ドーナツだけじゃ、大きくなれないよ」

距離が開いて、その後の会話はもう聞こえなかった。

田んぼをつぶしてつくったというこのモールはだだっぴろい。どれほど掃除をしても、完璧にきれいになりはしない。だだっぴろいモールの床をモップでこすったりガムを剝がしたりしているあいだに、俺以外の誰もが人生のすごろくのコマを着々と進めていく。俺はたぶん、十代の頃からずっと「一回休み」のままだ。同じ場所で足踏みし続けている。

もしかしたら、すでにすごろくそのものから脱落しているのかもしれない。この二か月、なにもかもほったらかしにしている。沖のことは言わずもがな、父や灰嶋さんからの電話もすべて無視だ。善一郎にも会いにいっていないし、典子さんの散歩の時間に合わせて出かけてもいない。

ただひたすら、掃除をして、仕事以外の時間はずっと眠っている。こんな劣悪な環境の二段ベッドでよくもまあこんなに眠れるものだと自分でも思うが、なにか考えようとするとすぐさま眠くなる。寮の先住者のふたりはいまだに、俺にけっして話しかけないが、それでいい。

ただ、一さいは過ぎて行きます。そんな具合で生きている。

腰からぶらさげた無線に連絡が入った。フードコートの床にジュースをこぼしたガキがいる。

「すぐ向かいます」

俯いて歩いていても、雑多な食べものの匂いが混じりあった空気で、確実にフードコートに近づいているとわかる。フードコートの隣はゲームコーナーで、がちゃがちゃとやかましい。

顔を上げ、緑色の丸い水たまりのかたわらで空になった紙コップを握りしめて泣いている子どもと、その隣にいる不機嫌そうな母親の姿を捉える。

「あんたがしっかり持ってないからでしょう」

母親はキンキン声で喚いて、平手で子どもの頭を叩いた。子どもの泣き声が大きくなる。

失礼します。口の中でもごもご言って、モップでメロンソーダを拭きとる。こまかい氷のつぶがいくつもモップの毛にからみついて、また床に落ちた。そのあいだにも母親の怒号と子どもの泣き声の応酬は続く。

うるせえ。子どもではなく、母親に向かって怒鳴りつけたい衝動にかられる。モップの柄で殴りつけたらどんなにすっきりするだろう。ジュースをこぼしたうえに人前で怒鳴られちゃ、そりゃ泣きたくもなるだろう。どれだけ責めても、こぼれたジュースはもとに戻らないんだ。ギャーギャーギャーうるせえんだよ。

床がきれいになる頃には、いつのまにか親子連れはいなくなった。モップをカートに積み直し、顔を上げる。ゲームコーナーの手前に車椅子がとまっていた。それ自体は別段めずらしい光景でもない。すれ違いざまになにげなく見ると、見たことがあるようなないような老婆が車椅子に座っていた。

目を凝らして、記憶をたぐりよせようとしたが、わからない。俺の目には爺も婆もみな同じように見えてしまう。でも車椅子のすぐ傍で、腰をかがめてゲーム機を物色している女がいて、それでわかった。病院の中のカフェで会った母娘だと。

名前はたしか、木崎瑛子。連絡先を教えてもらったのに、あのあとすぐに沖とのことがあって、そのままになっていた。

声をかけようとして思いとどまる。帽子を深くかぶりなおした。

あの女から金をとろうと思えば、とれた。背中を丸めて小銭入れをさぐっている木崎瑛子を見つめながら、負け惜しみのように思う。沖さえその気になれば、いけた。

木崎瑛子が選んだのはシューティングゲームだった。迫って来るゾンビを倒すというものだ。ゲーム機の銃を持ち上げ、構える。

誰かに首をしめられたように、うまく息ができなくなった。

暗い画面の中でゾンビが蠢く。地を這い、壁をのぼる。銃声が響いて、ゾンビは倒れ、ふっとび、醜悪な呻き声を上げる。

ゲームをすることがいけないわけではない。趣味は必要だし、息抜きは大切だ。でも、なんで。口の中がざらざらする。なんでよりによってそんなゲームを。しかも、母親の隣で。

見られていることに気づかない木崎瑛子は、無表情のまま生ける屍を撃ち続けた。車椅子の婆さんは、首をぐにゃりと傾けたまま、じっとしている。

銃を構えた木崎瑛子の唇が、短く、繰り返し動く。し、ね。そう言っているのだと気づいた。死ね、死ね、死ね、死ね。


掃除の仕事は午後三時に終わる。着替えて裏口から出た。ドライヤーの熱風のような風をまともに顔面にくらう。昔から夏が嫌いだった。暑い、暑い、それしか考えられなくなってしまう。でも今はちょうどいい。だって、なにも考えたくないのだから。

肩にかけたかばんの持ち手がくいこんで痛む。痩せちゃってまあ、とトクコに呆れられた時よりずっと肉が落ちたという自覚があった。食欲がないから当然かもしれないが。

のろのろと歩いていると、背後から肩を叩かれた。両肩だ。両脇に人の気配。灰嶋さんのところのその1とその2だった。

「うわっ」

俺の動揺に一切頓着することなく、ふたりは無言で俺の両腕をつかむと、ずるずると引きずるようにして歩き出す。そのまま路肩に停めてあったワンボックスカーに無理やり押しこまれた。灰嶋さんが脚を組んで座っていた。今日は、巨大なトンボが刺繍されたネクタイを締めている。

灰嶋さんは俺を一瞥し、その1とその2に「車を出せ」と告げた。

車がゆっくりと動き出す。銃口のごとき目が俺の頭のてっぺんからつまさきまでゆっくりとなぞる。視線を受けた部位から体温が奪われていくような心持ちだった。

「シートベルトをしろ」

俺に命令する灰嶋さんの声からは、感情が読みとれなかった。懸命にシートベルトをたぐりよせようとするが、手が震えてうまくいかない。

「掃除屋は稼げるか」

清掃のバイトのことを言っているらしいが、この人から発せられる「掃除屋」はまったく別の、禍々(まがまが)しい職業のように聞こえる。

「普通、です」

「普通ってなんだ」

「そんなに稼げるわけではないということです」

「ならそう言え」

「すみません」

今どのあたりを走っているのだろう。黒いフィルムがはられているので外の様子がよくわからない。

灰嶋さんが自分の中指にはまっているごつい指輪をいじりはじめた。殴られる。歯を食いしばって衝撃に備えたが、灰嶋さんはため息をついて俺から視線をはずしただけだった。

「ハセは、いくつになった」

「三十二歳です」

そうか。灰嶋さんは表情を変えずに頷く。なにを考えているのかぜんぜんわからない。はじめて会った頃のお前は、と続けて、また指輪をいじる。

「まだ未成年だったたな」

俺も若かったと呟く灰嶋さんも、さすがに老けた。未成年だった俺が三十過ぎるほどの年月が過ぎたのだから当然なのだがしかし、数か月前よりも確実に老けこんでいる。生え際の白髪のせいか。いや、顔色があまり良くないせいか。

「昔のお前は、ちっとも笑わなかった。開店前の掃除で、いつも台の裏まで拭いてたな。そんなところ誰も見やしないのに」

灰嶋さんはどうやら思い出話をしたいらしいのだが、俺はもうそんな昔のことは覚えていない。

「よけいなことは喋らない。群れないし、だからお前は信用できた」

お前だから、待ってやったんだ。二百万円の件は。灰嶋さんはシートに背中を預け、膝の上で手の指を組み合わせる。

「わかってます」

「俺は俺なりにハセをかわいがってきたし、大事にもしてきた」

「ええと、はい、わかってます」

異論はあるが、それを口にするのは危険すぎる。

「このあいだ、沖が来た。二百万は毎月すこしずつ返す、と言い出した」

「……ああ、はい」

「だからもうハセを自由にしてやってくれ、とかなんとか。ぶるぶる震えながら言うから、笑ったよ。……他になんて言ったかな。忘れたが、とにかくお前のことばかりだった」

自由ってどういうことだ、なあハセ。灰嶋さんが俺の目をのぞきこむ。ふしぎな色の瞳で。

「俺はお前の自由を奪っているのか？」

それは、と口ごもると、灰嶋さんの視線がわずかに揺らいだ。

「どいつもこいつも……」

勝手にこわがって、勝手に遠ざかる。灰嶋さんがそう呟いたように聞こえたが、きっと聞き間違いだ。いくらなんでも、ナイーブに過ぎる。

「なにかあったんですか」

灰嶋さんは俺の質問には答えない。

「コロンビアに行きたい」

さっさと行ってくれ。なにもかも、とは言わないが、二百万円のことを忘れて、コロンビアに永住でもしてくれないだろうか。

突然、肩を強くつかまれた。Tシャツごしに指がめりこんで、「うっ」という声が漏れた。中指の指輪が肩の骨をごりごりと押す。

「ハセ、俺は、お前に、二百万を、稼いで、こいと、言ったんだ」

沖じゃない、お前に、だ。一語ずつ区切るたびに、灰嶋さんは指に力をこめた。爪が食いこみ、痛みに顔をしかめる。

「忘れるな」

「忘れ、わす……忘れてません」

車が急停止した。ドアが開く。モールの外壁が見える。どうやらこのあたりをぐるぐるまわっていただけだったらしい。寮まで送ってくれればいいのに。どうせもう俺がどこに住んでいるかも知っているのに違いないのに。

車が発進する寸前、助手席に座っていたその1かその2のどちらかが窓を開け、俺に向かって親指を下に向ける仕草をした。中学生か。

歩きながら、灰嶋さんについて考えた。灰嶋さんについてというか、灰嶋さんの俺に対する謎の執着について。これも強烈にいびつな、ある種の愛情のようなものと仮定するならば、なんとなく理解はできる。よりによってなぜこの俺に、ということについて個人的には得心がいかないが。でも他人が首を傾げるようなやりかたでしか、人と関わりを持てない人間もいるのだ。

立ち止まって、頭を抱える。しかたない。やるしかない。寮とは逆方向に向かって歩き出す。善一郎のアパートをめざして。善一郎には金がない。でもそんなこと知るか。年金ぐらいはもらってるんだろう。有り金全部むしりとってやる。

金は取っても身ぐるみ剝ぐな。それが父の信条だった。でも俺には関係ない。俺は父じゃないから。

駅の近くの商店街の和菓子屋の前で足を止める。はり紙の、豆大福、の三文字が目に入った。

玄関の戸を開けて顔を出した善一郎は俺の顔を見るなり「うおう」というような声を出した。

「なんだよう、あんたぁ」

もう来ないのかと思ったじゃないかよう。善一郎はどうやらすねているようだった。

「ちょっと、いそがしくて」

豆大福、好きだって言ってたよな。袋を掲げて見せても、そっぽをむいて指のささくれをいじっている。とりあえず今日のところは退散したほうが良さそうだ。

「じゃあ、これ食べて」

豆大福の袋をむりやり握らせ、背を向けた。

「ちょっとあんた」

善一郎がうろたえたように俺の袖を引く。

「なんであがっていかないんだよ」

話があるんだよ、俺は、あんたに。善一郎がむくれた顔のまま、部屋の中を指し示す。

「老人ホーム、紹介してくれるんじゃなかったのか」

「……でも紹介料三十万円だよ」

払えるのか、という意味をこめて確認する。

「それぐらいの貯金はあるよ」

バカにするなよな。善一郎は言いながら豆大福の包装を剝がしはじめた。歯がないのにどうやって食べるのだろうと思ったら、上唇と下唇ではさむようにしてはむはむと食べはじめた。かさついた指に白い粉がつく。うまいな、と呟いたきり、あとはものも言わず熱心に食っている。

それを見ていると、どうもうまく次の言葉が出なかった。はやく言え。頭の中のもうひとりの自分が叫んでいる。なにをもたもたしているのだ。この機を逃すな。今すぐ金をおろしに行けと、そう言え。

「……また来るよ」

その時に受け取るから。力なく言うと、善一郎は身を乗り出す。

「なんでだよ、なんで今じゃだめなんだ」

「領収書とか、持って来てないんだよ、今日。だから、来週、来週来るよ」

「……そうか」

そうか、来週また来てくれるのか。善一郎の頬にかすかに赤みがさして、それから笑い出した。あっはっはと、なにか俺が愉快な話をしたかのように、楽しげに笑う唇の端にあんこがついている。

来るってば。目を逸らしながら、もう一度言った。


翌日、典子さんの散歩の時間に合わせて例の場所付近をうろついたが、現れなかった。散歩のコースが変わったのかもしれない。三日同じ場所で待ち、四日目にようやく会えた。

「夏風邪で、寝こんでいたのよ」

典子さんはマスクをしていた。夏になり、着ている布地が薄くなったぶん、骨ばった腕や首が露出し、はっとするほど年寄りじみて見える。

「そうですか、たいへんでしたね」

わたあめが前足で俺の足の甲をふにふにと踏む。

「最近会わなかったわね」

「……仕事が忙しくて」

目を合わせずに、ちいさな声で答える。二か月のあいだ寝てばかりいたせいだろうか。善一郎の時と同じで、うまく言葉が出てこない。

「お仕事って、ええと、たしか」

典子さんは頬に手を当てて考える。

「老人ホームの紹介をしてます」

「その老人ホームっていうのは、事前に見学なんかはさせていただけるの？」

「ええ、もちろんです」

沖の協力は望めないが、なんとかなる。なんとかしなければならない。

「布施さん、明日か明後日、時間あるかしら？」

「ええ」

清掃の仕事のシフトを思い出しながら頷いた。

「くわしくお話を聞かせてくれない？」

つくづく年寄りという生きものがわからない。こっちの調子が出ない時に限って、どいつもこいつも。

典子さんが指定したカフェはガラス張りで明るく、清潔で、そして目の前に警察署があった。グルメサイトには「日本一安全なカフェです（笑）」というレビューが投稿されていた。頼まれもしないのになんにでもレビューを書きたがるやつほど、つまらないことばかり長々と語る。

午後四時ちょうどに到着すると、典子さんは壁際の席にいた。片手を上げて近づこうとして、立ち止まる。典子さんの隣に男が座っていた。

「あ、布施さん」

こっちこっち、と典子さんが手招きしている。隣の男が俺を見た。ぎょろりと睨んだ、のほうが正確かもしれない。角ばった顎が頑固そうな印象を与える。

「息子です」

浜本武彦（はまもとたけひこ）と申します、と典子さんの息子は名乗った。一瞬、頭が真っ白になる。他人の目にはただぼんやりしているように見えたかもしれない。

「どうしたの？　座って」

典子さんがにこやかに自分の正面の椅子をすすめる。

「母がお世話になっているそうで」

「いえ、こちらこそ」

浜本武彦は俺に強い視線をあてたまま、コーヒーカップを持ち上げ、ずずず、と音を立てて啜った。

「息子がね、どうしてもついてくるってきかなくて」

ごめんなさいね、と典子さんが両手を合わせる。

「謝ることないだろ、母さん」

浜本武彦が傲然と顎を上げている。

「私としては、母を老人ホームに入れるなんて、そんなつもりは毛頭ありませんから」

「ねえ武彦、私だって今は元気だけど、いつどうなるのかわからないのよ。……あなた、介護なんかできる？」

「できるに決まってるよ」

うちにはサナエがいるんだから、と胸をはる。サナエとはおそらく自分の妻のことなのだろう。要するに自分自身が介護をする気はないということだ。

「単刀直入に言いましょう」

浜本武彦が身を乗り出す。距離が近づいて、コーヒー臭い息がかかった。

「実家の近くにね、妻の叔母が住んでいるんですよ」

それは初耳ですね、と心の中で言って、典子さんを見やる。

「このあいだその叔母さんから連絡があってね、うちの母が孫みたいな若い男といつも犬の散歩をしてるって言うじゃないですか。どういう関係かと気になって急きょ帰省して母を問いつめたと、そういうわけです」

「孫みたいな、なんて、典子さんはそんな年じゃ……」

「ノリコサン！」

浜本武彦の声には、揶揄（やゆ）するような響きがあった。

「典子さんなんて呼ばせてるのか！　母さん！　ええ？」

母親のほうを見たが、すぐにまた俺に向き直る。

「いいじゃないの、別に。武彦ったら」

「若い男にいっぱしの女みたいに扱われて、ぽーっとなってるんじゃないのか？」

君ぐらいの若い男なら「おばあちゃん」とか呼びかけるのが普通じゃないのか、と浜本武彦は決めつける。

「あぶなっかしいんだよ、母さんは」

「ごめんなさいね、布施さん」

俺に向かって両手を合わせる。

「このとおり息子は口うるさいし、心配性なの」

布施さんのこともね、それは最近はやってる詐欺なんじゃないか、なんて言い出すのよ、いやよねえ。典子さんが笑う。笑い返そうとしたが、頬が引き攣った。

笑え、と自分に命令した。浜本武彦が探るようにこっちを見ている。とにかく笑え。

「そんなはずないじゃない、ねえ?」

典子さんは口に片手を当てて、笑い続ける。笑いながら俺を見ている。その瞳に、必死な色が滲んでいた。

「……違うわよね?」

お願いだから、そう言って。典子さんは微笑みを保ったまま、視線だけで懇願していた。

「違いますよ」

いやだな、とようやく笑うことができた。

「おや、どうしたのかな」

浜本武彦が、俺を見据えたまま訊ねる。

「手が震えてるよ、君」

嘘だ。鎌をかけているだけに違いない。

「布施さん」

「ちょっと、すみません」

つきあたりのトイレに早足で向かう。こんなのぜんぜんたいしたことじゃないんだぞと、自分に言い聞かせた。典子さんにはまだ具体的な話はなにひとつしていない。現実的な被害はなにもないのだから、どれほどあやしんだところであの息子は俺を警察につきだすことはできないはずだ。

「おい」

トイレのドアに手をかけたところで、背後から呼ばれた。いつのまにか浜本武彦がすぐ後ろにいた。大きな観葉植物の鉢がふたつ並べて置かれており、ここからだと席にいる典子さんの姿は見えない。

「なんで母に近づいた」

浜本武彦が一歩踏み出すと、整髪料の匂いが鼻をつく。背は俺より低い。

「老人ホームの紹介？　名刺を見せてもらったよ。法務局で調べたけど、そんな会社は存在しない。びっくりするぐらいお粗末な詐欺だな、そうだろ？　こんなもんにひっかかるやつの顔が見てみたいよ」

「典子さんとは犬の散歩中に偶然知り合った、ただの友人ですから」

「友人！」

浜本武彦は声を裏返らせる。

「年が離れてたって気が合うことはあるし、友人になることはできます」

「そういうこともあるかもしれないが、君は違う」

目を見ればわかる、と吐き捨てた。

「目を見れば？」

俺の目はどんな色をしているのか。そんなにも汚いのか。

「……お母さんが心配ですか」

「あたりまえだ」

「良い息子さんですね」

浜本武彦の顔が赤黒く染まる。お前、と言いながら俺のシャツの襟をがっとつかんだ。

「なにが言いたいんだ、いったい」

「じゃあ、言ってやろうか」

シャツの襟をつかまれたままだったが、平然と答えることができた。感情をあらわにしている人間を目の前にすると、かえって冷静になれるものだ。

「あんたが気にしてるのはほんとに母親か？　母親が持ってる金や家じゃなく？　それとも世間体か？　『お粗末な詐欺』にもし自分の母親が騙されたら、世間体も悪いし、恥ずかしいよな」

平手で胸を突いたら、あっけなく浜本武彦が離れた。よろけたはずみで、観葉植物の鉢のひとつを倒した。かわいた土が散らばって、近くの席にいた女が小さく悲鳴を上げた。
布施さん、と呼ぶ典子さんの声がしたが、振り返らずに店を走り出る。

追いかけてはこないだろう、という気がした。でも、ゆっくり歩いていると叫んだり喚いたりしてしまいそうで、走り続けた。

なにか大きな生きものに持ち上げられ、全身を揺さぶられているような感覚がさっきからずっと消えない。じっとりと蒸し暑い空気を踏みつけるように足を動かす。

アスファルトを踏むたび、膝にじんと衝撃が伝わる。走るのはひさしぶりだった。最後に走った時も誰かから逃げていたような気がするが、思い出せなかった。ただ足を交互に出して地面を蹴ればいいだけだとわかっているのに、足がもつれそうになる。心臓がものすごいはやさで収縮している。たいして走っていないのに足がとまった。

数メートル先のコンビニから出て来た年配の男女が、まじまじとこちらを見ている。こんな暑い時に走っているバカがいる、と呆れられているのだろうか。

「眞、どうした」

父だった。かすかに口を開いて、ちょっと笑っているように見える。

「なんで走ってんだ、食い逃げでもしたのか」

自分がおもしろい冗談でも言ったように楽しげに笑い出す。かたわらの、真珠のネックレスを身につけたおばさんが、俺に会釈をする。無視して走り去ろうと思ったが、もう足が限界だった。

「うるさい、関係ないだろ」

息が切れてちゃんと喋れない自分が、強烈にみじめだ。

「お前、なんかあったのか」

父はもう笑っていなかった。なんだその表情の険しさは、と俺の両肩に手を置き、顔をのぞきこんでくる。

「生まれつきだよ」

「いいや、違う。それはなんかあった顔だ」

走ってきたからそんな顔になっているだけだと顔を背けても、父は「いや絶対に違う」と譲らない。

「仏頂面と険しい顔はお前、ぜんぜん違うもんだよ」

連れのおばさんのほうを振り返って「ねえ、サユリさん。今日はちょっと、先に帰ってくれませんか？　息子と大事な話があるんで」と言う。おばさんは鷹揚(おうよう)に頷いた。

父に腕を取られたまま歩き出す。お前は喉が渇いてる、と断言された。

「渇いてるけどさ」

走ったんだから当然だろ、と父の手をふりほどく。なにが悲しくて父親と腕を組んで歩かなければならないのか。

父は自動販売機の前で立ち止まって「なんにするんだよ、コーラか？」などと俺を振り返る。

「水でいいよ」

昔は金を出してお茶や水を買うなんて考えられなかった、などと呟きながら父は自動販売機のボタンを押す。

「いつの時代の話だよ」

俺が物心ついた時から、自動販売機には水やお茶が並んでいた。

「お前、コーラ好きだろ」

そんなの、ずっとずっと、昔の話だ。

「砂糖がいっぱい入ってるから良くないって言っても聞きゃしない」

骨が溶けるからコーラをたくさん飲むな、と小言を言われたことはよく覚えている。どこの骨が溶けるっていうんだよ、と思ったことも。働かないくせに、いつも俺をダシにして女にたかるろくでもない父親のくせに、みょうなところで心配性だった。

ペットボトルのキャップを開けて、ごくごくと飲んだ。つめたい水が食道を一気にすべり落ちていく。

ガードレールに腰をおろして、しばらくふたりで黙っていた。

「なあ」

しめった草の匂いの風が吹いて、父が一瞬目を細めた。目尻に寄った皺の深さに驚く。父の顔、として認識していたそれよりもずっと、老いていた。

「俺、良い息子じゃなかったよな」

父は一瞬ふしぎそうな顔をして、それから持っていたコーヒーの缶に視線を落とした。

「こっちも良い父親じゃなかった」

たしかに。頷いて、半分ほど残っていた水を一気に飲み干した。なまぬるい風が全身を撫でる。

喚き出してしまいそうな気分が、いつのまにか消えていた。

ポケットの中でスマートフォンが振動する。ディスプレイには「沖」と表示されていた。あれ以来一度も連絡をしてこなかった沖が、いきなり電話をかけてきた。きっと良い話ではない。

「出ないのか」

出るよ、と言った瞬間に振動が止んだ。急いでかけ直す。今かけてきたばかりのくせに、電話に出ない。いらいらと呼び出し音を聞く。やっとつながったと思ったら、空気をひっかくような音が聞こえた。しばらく耳を澄まして、それが沖の嗚咽だとようやく気づいた。

「……沖、どこにいるんだ」

すぐ行くから、どこにいるか教えろ。スマートフォンを握りしめて叫んだ。沖が泣いていたら、俺はどこへだって飛んでいくのだ。

約二か月ぶりに足を踏み入れた沖の母の家は、荒れていた。台所の流し台には惣菜のパックやコップがつみかさねられ、家全体に、すっぱいようなへんな匂いが漂っている。出迎えた沖の目の下は、うっすらと黒い。なぜか一緒についてきた俺の父を見て、すこし驚いたような顔をする。来る途中に沖の家の事情について説明しておいたおかげで、父はとくに動じる様子もなく家の中を見まわした。

沖の母は、居間の隣の和室にいた。畳にぺったりと座って、あらぬほうを見ている。着ている白いブラウスの、胸から腹にかけてうす茶色い大きなしみがあった。味噌汁をこぼしたのだという。

「着替えさせてくれないんだよ」

沖の手には新しいブラウスが握りしめられている。

「何度言っても、聞いてくれない」

どうしても、どうしても。血を吐くような声だった。

「落ちつけ、沖」

俺の声は、まるで耳に入っていない様子だ。真っ赤になった目を手の甲でこすり、意を決したように母親に近づいていく。

「お母さん、ほら、ね、着替えよう」

汚れた服じゃ気持ち悪いでしょ、と言いながら沖はブラウスのボタンに手をかける。

「やめてっ」

息子の手を振り払い、自分の身体を自分で抱きしめるようにして、はげしく首を振る。あっち行って、あっち行って。こんどは両手をふりあげ、息子の足を叩きはじめた。あっち行って。あっち行って。髪を振り乱し、唾を飛ばして喚き続けて、また自分を抱きしめる体勢に戻った。

「……毎日、毎日、こうなんだ」

沖は俺たちに背中を向けたまま、だらりと両腕を垂らしている。

「貸して」

父が、沖の手からブラウスを取る。握りしめた部分がしわになっていた。

伸ばすように何度か手のひらで撫でて、沖の母のかたわらに膝をついた。

「沖さん、おじゃましてます。長谷佳央と申します。遼太郎くんには、いつも息子がお世話になっています」

おだやかな声に、沖の母がゆっくりと目を開ける。

「それ、素敵なブラウスですね」

父が言うと、沖の母は自分の着ている服を見おろした。

「しみが落ちなくなってしまうともったいないから、着替えませんか？」

ブラウスを畳んで、沖の母の目の前に置く。

「心配ありません。この襖をしっかり閉めておきますからね」

立ち上がり、仏壇のある部屋と居間のあいだの襖を閉めた。

居間に三人きりになった。ひとりで着替えられないかも、と襖を開けかけた沖を、父が手で制する。

「遼太郎くん」

やめなさい。やわらかいが、有無を言わせぬ口調だった。

「人前でいきなり服を脱がされそうになったら、抵抗するのはあたりまえだろう。女性だよ？」

「でも」

「赤ん坊じゃないんだよ」

ずいぶん長い時間、待った気がした。沖は泣きそうな顔で口をきかず俯いていたし、俺もどうしていいかわからなかった。父だけはのんびり日光浴でもしているような表情で、ソファーに腰をおろしている。

やがて、襖が開いた。沖の母はちゃんときれいなブラウスに着替えていた。ボタンをかけ違えているようなこともない。

「素敵ですよ」

父の言葉に沖の母がすこし恥ずかしそうに微笑む。汚れたブラウスをひっつかんで洗面所へ向かった沖のあとを追うと、洗面器にはった水にブラウスを沈めながら泣いていた。

「わかってるよ、僕だって」

なにもかもわからなくなってしまっているわけじゃない。なにもできない子どものように扱われることが不愉快であろうこともわかる。でもできないのだと言う。

「職場ではできるのに、お母さん相手にはうまくできない。なんで……なんでなんだろう……」

鏡越しに、泣く顔を見つめ続けた。なぐさめるための言葉をなにひとつ持たなかった。なぐさめる必要などないのかもしれない。それに、泣きたがっているように見えた。ひとりではなく、誰かの前で。だったらぞんぶんに泣かせてやりたい。いい年をしてピーピーと泣く男を見つめ続けるということは、正直うんざりするものだけれども。

木崎瑛子のことを思い出した。もしかしたらあの女には泣く場所すらなくて、だからああやってゾンビを撃つことしか、できなかったのかもしれない。

「肝臓が良くないって言ったの、覚えてる？」

沖がふいに言った。鏡越しに目が合う。いつだったか、沖の母の具合が悪くなって病院に連れていったことがあった。

「覚えてるよ、もちろん」

介護療養型医療施設、というものへの入所をすすめられているという。

「そんなのあるのか」

「民生委員の人がいろいろ、おしえてくれた」

俺にたいしてはクソみたいなことしか言わないあの女も、こうやって誰かをたすけている。他人の力になっている。たぶん、民恵自身が思っているよりも、ずっと。

「それがいい」

沖がどんなにがんばったところで、ひとりでできることなんてたかがしれている。

なさけない。洗い終えたブラウスを絞りながら、沖が新たな涙を流す。なさけなくないから、と言ったが、たぶん届いていない。俺の言葉は、すこしも役に立たない。

「金はあるのか」

俺が訊ねると、沖は顔を上げた。鏡越しに目が合う。

「盗んだりしないよ」

沖の唇が震える。どうやら、笑ったらしい。

「そんな心配してないよ」

そんな心配を、むしろしてほしい。なんの迷いもなく善人として扱われるのは、たまらない。

かつて沖の部屋だったというその六畳間は、ずいぶん畳の色が褪(あ)せていた。学習机と、安っぽい衣装ケース。沖は学習机の抽斗から巨大なクッキーの缶を取り出して、蓋を開けた。

ずいぶん不用心なことに、通帳と銀行印が一緒に入れられている。

「どこにあったと思う？」

笑っているような、泣いているような、奇妙な表情をしている。

「……屋根裏、とか？」

「台所。流しの下だよ」

たしかに、そこはさがしていなかった。洗面所まで見たのに、完全な手落ちだ。缶のふたに「○○銀行　０３１０」などと、暗証番号らしきものを書きつけたメモがはりつけられていて、不用心にもほどがある。

「たぶん、最近書いたメモなんだと思う」

すこし前から、記憶があやふやになっていることに自分で気づいていたのかもしれない。だから、わからなくなってしまう前にメモを残していた。

通帳の一つを手に取る。名義は「沖遼太郎」となっていた。表紙に「進学用」とマジックで書かれていることから、教育資金のつもりだったのだろう。

「中も、見てみて」

沖に促されて、開いてみる。数か月に一度、一定額の入金が続いていた。いちばん最後の入金の日付は、去年の十一月のものだ。

「まだあきらめてなかったんだよ」

バカだよね。ぽつりと呟いた沖は無表情で、なにを考えているのかよくわからなかった。

沖の母名義の口座の暗証番号の「０３１０」は沖の誕生日だ。でもそのことは、口に出しては言わない。俺も沖も。

部屋を見まわす。鴨居に、見覚えのある服がいくつかかかっていた。

「お前、今ここに住んでんの」

うん。沖は缶の蓋を閉めながら頷く。

「ひとりにできないからさ」

なんの力にもなれなかったけど、と自嘲するように唇を歪める。

お前ひとりで、よくやったんじゃないの。俺の言葉に沖の顔がくしゃっと歪んだ。

「また泣くと思ったでしょ。でももう泣かないからね」

へんな意地をはっている。これまでずっと俺の前で何度も何度もみっともなく、めそめそ泣いてきたくせに。

「泣いてもいいぞ、俺慣れてるし」

「泣かないって」

「泣きやむまで見ててやるのに」

「そんなの、見てなくていい」

俯いた肩が震えている。笑いをこらえているらしい。

「見てるよ」

俺がついていてやらないと、だめな沖。ずっとそう思っていた。でももう、沖には沖の行きたい道がある。だからこのさき、どこに進んでいこうとも、どんなふうに変わっていっても、それを見ていよう。否定もせずに、手出しもせずに、でもけっして目を逸らさずに、ちゃんと見ている。

2

あらためてハセに頼みたいことがある、と沖はその後、言った。

「この家に、一緒に住んでほしい」

沖の母の世話をしてほしいとか、そういうことではないのだと。ただ、いてくれるだけでいいと。

寮を出て、ここに移ってきた。沖の母からどちらさまですかと問われることは一日三回ぐらいあるが、おおむねおだやかな日々が続いている。

おだやかなのはハセがいるからだと沖は言う。なにもしていないのに、そんなことを言われるのは、かえって居心地が悪い。

「ふたりっきりじゃないだけで、全然違うよ」

そういうものだろうか。「遼太郎が言うならきっとそういうものなんだろう」と答えた父は、数日おきに訪ねてくるようになった。沖の母と父は、お茶を飲みながら、ぽつりぽつりと話をする。噛みあっているようないないような、静かな会話を聞いていると、なぜかいつも、すこし眠くなる。

沖の母は、たまに家の中で困った顔をして立ち尽くしている。なにかがわからないらしいことはわかるが、沖の母はそれをうまく伝えられないし、俺たちもそれを察してやれない。

今日も、みょうにちぐはぐなかっこうをしている。花柄のブラウスにたてじまのスカート。このまま病院に連れていってかまわないのだろうか。着替えれば、と言えない。また喚かれたら面倒だと思ってしまう俺たちは、やっぱり沖の母の病気にびびっている。

お母さん、手、繋ごうか。駅に向かって歩き出したところで、沖がおずおずと母親にむかって手を伸ばす。沖の母は表情を変えずに、その手を握った。

認知症というものにたいして、もっとハードなイメージを持っていた。たとえば「金を盗まれた」と四六時中言うとか、暴言を吐くとか、そういうような。けれども沖の母は病を得て、むしろおとなしくなった。

「人それぞれなんだって」

母親に日傘を差しかけて歩きながら沖は、そんな話をする。

「この病気だからこうなるはず、っていうイメージを押しつけちゃいけないんだって」

施設で他の職員にそう聞いたのか、それとも最近沖が夜中にこっそり開いている介護なんとか試験のテキストに書いてあったのか、それは俺にはわからない。

手を繋いで歩くふたりの数歩後を、ついていく。どんどん縮んでいく。沖の母の後ろ姿を見るたび、そう感じる。

今日は、施設入所のため紹介状を書いてもらうことになっていた。病院の玄関を出てきた、老婆をのせた車椅子を押す女が木崎瑛子だとわかった瞬間、心臓が大きくはねた。顔を伏せてすれ違ったが、木崎瑛子の、前を向いているのになにひとつ目に入っていないようなぺったりした目つきがどうにもひっかかる。

「ちょっと外に行ってくる」

「え、どこ行くの？」

沖が振り返って、驚いた顔をした。どこへ行くのか、俺にもわからない。

木崎瑛子の足取りには迷いがない。角を曲がり、横断歩道を渡る。太陽が容赦なく照りつけて、視界をゆらゆら歪ませる。木崎瑛子は車椅子を押しているにもかかわらず、早足で追いかけなければすぐに見失いそうな速度で進んでいく。

なにか、取り返しのつかないことが起こるような気がした。

木崎瑛子の進む先に、やま公園がある。トクコとつつじを見に来た。民恵が、犬が吠えるみたいに泣いた。すべての愛は正しくないのだと、あの日に知った。

ふたりの姿が、エレベーターに吸いこまれる。ボタンを連打するが、上昇したエレベーターはなかなか戻ってこない。腕時計とエレベーターのボタンを交互に見比べた。石段を駆け上がった。息が切れる。蟬の大合唱が一瞬、遠のく。額から噴き出した汗が顎をつたって落ちる。

石段のてっぺんに、車椅子が見えた。逆光で、その背後に立っている木崎瑛子の表情はよくわからない。足ががくがくと震える。だめだ、と言いたいのに、声が出ない。

ふらつきながら、よろめきながら、必死で石段をのぼった。木崎さん、木崎瑛子さん、と呼ぶ俺の声は、彼女の耳に入っているのだろうか。

「木崎さん。木崎さん」

車椅子のハンドルを握る手に力がこもった、ように見えた。背後にまわりこんで、背中ごしに車椅子のハンドルをつかみ、ぐっと後方に引く。バランスを崩した木崎瑛子がよろめき、俺もまた同時に尻餅をついた。

車椅子の老婆は、かたく目を閉じたままだ。状況を理解しているのかどうかは不明だ。この瞬間に限っては、なにもわからないほうが幸せだ。どうか、そうであってくれ。

木崎瑛子はぺたりと地面に座りこんだまま、ぼうぜんとしている。かすかに口を開いて俺を見る、その顔にさっと怯えの色が走った。

病院内のカフェで会った男だと覚えているだろうか。覚えていなくてもいい。俺は覚えている。あんたと喋ったことを覚えている。あんたはリボン刺繍が趣味だと言った。刺繍の花はほんものみたいに、布の上で咲いていた。それを木崎瑛子に伝えたかった。あんたの手は母親を殺すためにあるわけじゃないと、布の上にほんものみたいな花を咲かせることができる、すごい手なんだろうと言いたいのに、金魚のように口だけぱくぱくと動かすことしかできない。

喉の奥からぜいぜいと息が漏れる。嘘ばかりついてきたこの口は、ほんとうのことを伝えなきゃいけない時に限って、ちっとも役に立ってくれない。

3

あの日、スカートについた土を払って立ち上がった木崎瑛子は、夢からさめたような顔でそそくさとエレベーターに向かった。

お母さん、帰ろうか。エレベーターのドアが閉まる直前、車椅子をのぞきこんでそう言っているのが聞こえた。

病院を出た時よりもずっとのろい足取りで去っていく背中を眺めながら、ほんとうにこれでよかったのだろうかと考えたが、俺にできることはなにもなかった。木崎瑛子にたいしてなにかしたいと自分が思っていたかどうかも、今ではよくわからずにいる。

善一郎のところに、三十万円を取りに行かなければならない。気が進まず、来週、そのまた来週、とのばしのばしにしているうちに今日になった。足がひどく重い。アスファルトなのに、ぬかるみを歩いているようだ。

角を曲がると、善一郎の住むアパートについてしまう。はじめて行った時、玄関の周囲がゴミだらけだったことを唐突に思い出す。

「売れないと困るんだろ」。そんな理由で五万円もするサプリメントを買ってくれた爺さん。俺がつくった炒飯を、歯のない口でうまそうに食っていた。

考えるな、そんなこと。思い出すな。重たい足を持ち上げる。考えるな。思い出すな。ぱらぱらと、小雨が降り出した。なまぬるく頬が、肩が、濡れる。

濡れた俺を見て、善一郎はきっとタオルを渡してくる。きっと酒屋か生命保険会社の名前がプリントされてるけど何百回も使ってすりきれてるからその文字すら読めなくなっているような、ぼろぼろのタオルなんだろう。

肩にかけたかばんが、重さを増した。でもきっと気のせいだ、とまた自分に言い聞かせる。もとから、このかばんは重いのだ。立ち止まって中を見る。偽宝石のケース、くしゃくしゃのタオル、蝶の標本、取り出されることなく、そこに押しこまれている。

もう寮を出たのだから肌身離さず持ち歩く必要なんてないのに俺はバカだな、と思ったら唇がひん曲がった。

黒いワンボックスカーが俺を追い越して停まった。助手席から降りてきた男がものも言わずに俺の腹に拳を打ちこむ。身体をふたつおりにしてくずおれた太腿をさらに容赦なく蹴ってくる。

「ヤマイ」

運転席から降りて来た男が、たしなめるように名を呼んだ。

「ミツヤは黙ってろ」

ヤマイと呼ばれた酒臭い息を吐くこの男が、その1なのかその2なのか、どうしても判別ができない。

「むかつくんだよ、こいつ」

いっつもいっつもバカにしたような目つきで見てきやがって。その言葉とともに拳が降ってくる。今度は頬に当たった。唇が切れたらしく、痛いというより熱かった。自分の血はいつだって、いやな味しかしない。

このふたりにはヤマイとミツヤという名前があるのだ。あらためて思い知る。何度聞いても覚えられなかった名前。その1とその2などと、自分の世界の端役として扱っている人間にもそれぞれ名前があって、感情がある。

ヤマイが俺の、こんどは肩あたりを強く蹴る。肩からかけていたかばんがどさりと地面に落ちた。中身がちらばる。灰嶋さんは車の中にいるのだろうか。スモークフィルムごしに、どんな顔で俺が痛めつけられる様子を見ているのか。

灰嶋さんならいねえよ。俺の視線を辿ったらしいミツヤがポケットに手を突っこんで言う。灰嶋さんを迎えに行く途中で偶然、俺が歩いているのを見かけたという。

「ハセ」

ヤマイがしゃがんで、俺を見おろす。頬をぴしゃぴしゃと叩かれた。

「俺な、お前の面がなんか気に入らないんだよ、昔から」

なんか気に入らない。なんか好きになれない。昔から何度も何度も言われてきた。そんなどうしようもない理由で他人から攻撃されるのは子どものうちだけだと思っていたが、違った。どれだけ年を取ったって、世界はちっとも変わらない。

襟首をつかまれて、無理やり起こされた。ビニール傘をさした善一郎の姿が視界に入って、叫びそうになる。

「あんた……」

その場に立ち尽くした善一郎は、来るのが遅いから見に来た、というようなことを、もごもごと口にする。

「心配すんな爺さん。俺らはこいつのお友だちだから」

ミツヤの声は半分笑っていた。それが聞こえているのかいないのか、善一郎が傘を閉じて、こちらに突進してきた。その動作はしかし、ひどく緩慢だった。

「おいおい」

突然襲いかかってきた老いぼれにヤマイは目を丸くして、それから笑い出した。ひょい、と身をかわして、傘は空を切る。善一郎はわけのわからないことを喚きながら、傘をでたらめに振りまわしはじめた。

「なんだこの爺さん」

「頭おかしいんだろ」

善一郎が、傘を持っていないほうの腕を俺にかざす。

頭おかしいんじゃないのか。俺だって、そう思う。よぼよぼのくせに、のろのろとしか歩けないくせに、歯がないくせに、俺を守ろうとしている。

痛む腹を押さえながらなんとか立ち上がり、善一郎の前に立つ。踏ん張ろうとしたが濡れたアスファルトに足を取られてずるっとすべってよろける。それを見たヤマイとミツヤがまた、ひどく耳障りな笑い声を立てた。

「なにをしてる」

鋭い声に、はっとして振り返った。ヤマイとミツヤが笑うのをやめ、姿勢を正す。灰嶋さんが薄い唇を歪ませ、ヤマイとミツヤを睨みつけていた。

「散髪が終わったら電話する、と俺は言った」

灰嶋さんがミツヤをぐっと見据える。

そこから先はもう、難詰と言ってよかった。なぜ電話に出ない。なぜ勝手に車を出した。なぜヤマイはそんなに酔っぱらっている。なぜお前らはこんなところにいる。ハセとなにをしていた。なぜ雨が降っているのに勝手に車を出した。なぜ。なぜ。灰嶋さんは弾丸のごとく「なぜ」を撃ち続けた。撃たれるたびにヤマイとミツヤは首をすくめ「すみません」「すみません」と頭を下げる。

ひとしきり部下を撃ったのち、灰嶋さんは視線を落とした。俺のかばんから飛び出したポケットティッシュ、ガムの包み紙、それらを踏みつけ、灰嶋さんは箱を拾い上げる。例の、蝶の標本だ。ガラス部分に落ちた雨粒をスーツの袖で拭った。

「……これはお前のか？」

「そうです」

正確には沖の父親のものだが、説明が長くなりそうだったので、ひとまず頷く。

「そうか」

「はい」

「そうか」

ものすごいことが起こった。この十数年で一度も経験したことのない出来事だ。灰嶋さんが満面の笑みを浮かべている。

ミツヤがはっとした表情で車に向かって駆けだして行き、傘を抱えて戻ってきた。灰嶋さんの背後から傘をさしかけるが、散髪したてを頓着せぬ様子でまだ標本を眺めている。

青い翅の蝶の標本に視線を落としたまま、レテノールモルフォ、と呟いた。呪文のように聞こえたが、たぶん蝶の名前だ。

「ハセ、他にもあるのか？」

目を輝かせる灰嶋さんは、まるで小学生のようだった。

「他にはこんなのしか……」

あの左右で違う翅のへんな蝶の標本しかなかった。それを目にした瞬間、灰嶋さんが叫んだ。奇声と言っていい。数年前の俺にこのことを教えてやっても、ぜったいに信じないだろう。灰嶋さんが奇声を？　まさか。

ヤマイとミツヤがおろおろと顔を見合わせている。

「見せろ」

差し出された手がぶるぶると震えていた。

「あの、灰嶋さん」

ミツヤがなにか言おうとするのを、灰嶋さんが片手で制する。

「お前らはちょっと黙ってろ」

へんな蝶をためつすがめつして、これは、とか、うーん、とか、ぶつぶつ言っている。

頬を紅潮させる灰嶋さんと、口をぽかんと開けているヤマイとミツヤを、数秒のあいだ眺めた。びしょ濡れで流血している自分も含めて、ずいぶん間が抜けていると思った。自分がずっと属してきたもの、こわがってきたもの、疎んじてきたもの、そのすべてが小さく小さく折り畳まれていくようだった。

「……いいですよ」

いちかばちか。息を吸って、吐いた。

「ただでというわけにはいきませんけど」

4

左右で違う翅を持つ蝶は、右半分がメスで左半分がオスだという、めずらしい蝶だった。雌雄モザイクと呼ばれている。あとから知った。

灰嶋さんはひどく興奮していた。

「二百万円でどうですか」

思い切ってそう提案したが、「ふざけるな」と却下された。そこまでの値がつくものではないのだ。

せめて五十万だろう、と言われた。ただし「残金百五十万円の猶予はくれてやる」というおまけつきだった。

その灰嶋さんは先日、コロンビアに旅立った。いつか言っていた「コロンビアの美しい蝶」は隠喩でもなんでもなかった。灰嶋さんは海外まで虫を見に行くほどの昆虫マニアだったのだ。あのきもちわるいネクタイは伊達じゃなかった。

そんなことを思い出しながら、俺は善一郎の口もとを見ている。豆大福の粉で白くなった、かさついた唇。

「つまりあんたは俺を騙そうとしたわけか」

あんたは、と呟くが、けっして俺を見ようとはしない。

今しがた善一郎に、すべて打ち明けたところだ。

あの日は善一郎に「事情はまたいつか説明する」と言い残して帰った。今日顔を合わせるなり善一郎は「心配したんだぞ、あんた」と俺に縋りつき、そうしたらもう、用意してきた嘘の言い訳が、ぜんぶふっとんでしまった。

話を聞き終えた善一郎は、ただ震えながら、自分の手元を見ている。

「なんで」

とにかく金が必要で、と言いかけた俺の言葉を「ちがう」とやや強い口調で遮る。

「なんでこんな話を、俺にするんだ」

いくらでも、うまい言い訳は思いつくだろう、詐欺師なら、なのになんで、と善一郎は首を振る。

「あんたはほんとうのことをぜんぶ言って、それですっきりするのかもしれないけど、俺はこれから……なあ、あんた、なんでだよ」

ポケットに手を入れると、お守りに手が触れた。いつだったか善一郎がここにねじこんできたお守りが、そのまま入っていたのだった。

「こんなの、酷だよ」

お守りをテーブルに置いた。テーブルはほんのすこし、べたついている。ちゃんと拭かなきゃ、とひどく的外れなことを思った。

「もう、ここには、来ないでくれ」

玄関のドアを閉める直前、すすり泣く声が聞こえた。俺はのろのろと歩き出し、沖の家に着くまで、振り返りも立ち止まりもしなかった。


ごめんなさい、とも、すみませんでした、とも結局言わなかった。許しを乞うことは、騙すことと同等に罪深い。

勝手に標本を売ってしまったことについて、沖はただ、「へえ」と頷いただけだった。

「まあ、もともと僕がつくった借金だし」

父親が昆虫好きで良かったってはじめて思えたな、と笑っていた沖は今、車にスーツケースを積んでいる。沖の母は今日から施設に入る。それで沖が、レンタカーを借りてきた。

数日おきにこの家に通ってきた父は、今日に限ってなにか用事があるだとかなんとか言って、来なかった。

「落ちついたら、施設にお見舞いに行くよ」

そんなふうに言う父に、ほんとうはついてきてほしかったし、「いてくれると安心だから」と頼んでも、首を縦に振らなかった。

「心配ない。遼太郎とお前ふたりで、だいじょうぶだよ」

ただ、忘れるな。父の言葉を思い出しながら、沖を手伝って荷物を運ぶ。沖の母は玄関にぼんやり腰をおろして、自分の手を見ている。

「忘れるな、眞。『お年寄り』なんていう生きものはいない。それぞれ違う心をもって、それぞれに違う長い年月を生きてきた人たちがそこにいるだけだ」

まったくすばらしい言葉だ。老いた女にたかって生きている父の言葉でなければ、俺も感動して涙のひとつも流したかもしれない。

「行こうか」

声をかけると、俺に向かって、手を差し出してきた。おずおずと、しみの浮いたその手をとる。「沖の母親」でもなく、「認知症の婆さん」でもなく、七十四年生きてきた、沖ふさ子という人間の手を。小さくて、ひんやりして、すこしかさついている。

沖ふさ子の人生は、不幸だっただろうか。幸せいっぱいだとは、到底思えない。心から「よかった」とか「最高」とか思った瞬間が、何回ぐらいあったんだろう。

「荷物、ぜんぶ積んだ」

上がり框（がまち）に腰をおろしている沖の母の正面にしゃがんだ。

「じゃあ、行こうか」

施設は街のはずれの、静かな場所にある。途中、コンビニに寄って飲みものを買い、また車を走らせた。

視界の端で、なにかが白く光った。目をこらしてみると、川だった。水面（みなも）が太陽を反射して、きらめいているのだった。葉を茶色く枯らした向日葵（ひまわり）がうなだれている。

この国道ってどこまで続いてるのかな。ふいに呟いた運転席の沖に目をやる。知らねえ、と答えると、だろうね、とかすかに笑う。沖の母は、目をつぶって口の中でなにかぶつぶつ、呟いていた。

施設につくと、受付にいる職員らしき女が近づいて来た。俺にむかって「息子さんですか？」と訊ねる。

「息子は僕です」

片手を上げた沖は、必要な書類がどうとか言われて、カウンターに連れていかれてしまう。なにやら今後のことについて、説明を受けている様子だった。

「座ろう」

沖の母はぼんやりしていて、俺の言葉に反応を示さない。けれども俺が歩き出すと、あとをついてくる。並んで座って、なにかの説明を受けている沖を眺めた。

記入間違いでもしたのか、あたふたしている。母親の荷物の用意でいそがしく、自分の身支度を後まわしにしてしまった沖の後頭部で、茶色い髪がひとふさ、ぴょこんとはねていた。

「あんたにとっては」

沖があわてるたびに揺れる寝ぐせを見つめながら、沖の母に話しかけた。

「あんたにとっては、あいつは理想の息子じゃなかったかもしれないけど」

いいですよ、用紙をもう一枚出しますから、と職員の女が笑っているのが聞こえる。すみません、すみません、と沖はしきりに頭を下げている。

「でも沖は、俺にとっては……」

それ以上、言葉が続かなかった。かけがえのない、だとか、なによりも大切な、だとか、そんな気持ちは、たぶん言葉にした瞬間にかたちをかえてまったく違うものになってしまう。だから、頭を下げた。

「……沖を産んでくれて、ありがとうございます」

こんなことを言うのは、滑稽だろうか。沖の家族でも恋人でもないのに。

滑稽でもかまわない。他人に笑われないように生きたいわけじゃない。

「ここ、ちょっと寒いわね」

沖の母がとつぜん、身震いをする。自分の身体を抱きしめるようにして、周囲を見まわす。たしかに寒いぐらい冷房が効いている。

「なんか羽織るもの、出そうか。カーディガンとか」

俺が訊ねると、今はじめて俺の存在に気づいたように、目を見開く。

「それより、あなた」

沖の母が視線をさまよわせる。

「遼太郎に上着を持っていってあげてくれない……そうね、できれば、マスクも……」

沖の母の口から「遼太郎」という名を聞くのは、ひさしぶりのことだった。

「あの子はほら……赤ちゃんの頃から気管支が弱いでしょ……風邪をひくといけないから。このあいだもほら、先生が……プールのあとで、保健室に運ばれたって……だから気をつけないと……」

俺と沖の母の視線は、合わない。ここではない遠いどこかを見ている。

「どうしようもない子……だからずっと傍についててあげないと……そうでしょう、あなた」

長生きしましょうね、私たち。俺を自分の夫とまちがえているらしい沖の母が俺の手を握る。存外に強い力で。

「そうだな」

さりげなく、手をほどいた。とりあえず身の回りの品をつめたという沖の母のボストンバッグをさぐったが、カーディガン的なものは入っていなかった。他の衣類はすべて車の中のスーツケースに入っている。

だめもとで自分のかばんを開けてみる。着せかけてやれるような気の利いたものはもちろん入っていない。くしゃくしゃのタオルのあいだから、布張りの宝石のケースが出てきた。膝にのせて、開けてみる。

まあ。沖の母が俺の手元をのぞきこむ。ダイヤモンドに真珠にルビー。窓から射しこむ日光を受けて、まばゆく光っている。偽物だって、ちゃんと輝く。

葉っぱをかたどった偽ダイヤモンドがちりばめられたブローチをとって、沖の母のワンピースの胸元につけてやった。沖の母はやけにかしこまった表情でじっとしている。勲章の授与式みたいだった。

　ブローチをつけられた自分の胸元と、俺の顔を見比べる。「これ、やるよ」と言うと、顔をくしゃっとさせた。

「きれいね、あなた。ねえ、ほんとうにきれい」

　相変わらずへたくそな笑顔だった。偽物だけどな、と笑おうとしたのに唇が震えて、俺もまたうまく笑えない。

「お待たせ」

　ようやく書類を書き終えたらしい沖が戻ってきて、俺の顔を見るなり「ハセ！」と叫んだ。

「どうしたの？　なんで泣いてんの？」

　昔から、笑わないうえに、泣かなかった。沖じゃあるまいし泣くわけない、と顔を背けて頬を触ったらびしょびしょに濡れていた。

「なんでハセが泣くんだよ」

　しょっちゅう泣いていた沖が、俺の目の前でおかしそうに笑っている。

5

目が覚めて台所に向かったら、沖は四角い炭のかたまりを皿にのせて、しょんぼりしていた。およそ三日に一度、トーストを真っ黒焦げにする。沖の手から皿を奪いとって、焦げたパンを捨てた。食っても死にはしないが、うまくはない。

沖の母が施設に入って二週間が過ぎた。沖は老人ホームの仕事を、俺は清掃の仕事を、それぞれ続けている。そうしてなんとなく、まだふたりでこの家に住み続けている。

きつね色に焼き直したトーストに尋常でない量のりんごジャムを塗りたくる合間に、沖がテレビのリモコンを手に取った。朝のニュース番組の「モッツァレラゆたかさん結婚」というテロップを平べったい声で読み上げている。

「ハセ、この人誰なの」

「芸人。たぶん」

芸をするところを見たことはないが、名前と顔は知っている。

「結婚したことが朝のニュースになるほど有名な人なんだ」

沖はどうもモッツァレラゆたかをはじめて見たようだ。どうだろう、と首をひねる。俺が知っているのは数年前に有名な女優と結婚して離婚したということだけで、どのような経歴を持つ人間なのかもわからない。女優については沖もちゃんと知っていた。

「あの大女優のもと夫が再婚、っていうニュースなわけだね」

「よっぽど他に話題がなかったんだろうな」

画面がスタジオから、リポーターに囲まれたモッツァレラゆたかの映像に切り替わる。フラッシュが光る。その隣でにこやかに指輪のはまった左手を見せている女は、まあまあの美人だが、あきらかに芸能人ではなかった。画面左上のテロップに「お相手は一般女性」と出ている。

芸能人でもないのに嬉々として取材を受けるあたり、目立ちたがり屋に違いない。鼻白んで、トーストを大きくひとくち齧った。

「知り合ってすぐ、私から逆プロポーズしたんです」

女が言うのを聞いて、むせた。プロポーズに逆もクソもあるかという話だが、びっくりしたのはそこではない。女の声だ。掠れて、奇妙に甘い。

「えっちゃんだろ、こいつ」

沖は「えっちゃんって?」ときょとんとした顔をする。もう忘れていやがる。この女に二百万円奪われたのに。

「え？　こんな顔だっけ？」

沖が立ち上がってテレビに近づく。俺もまた。不自然なほど高く尖った鼻に、気持ち悪いぐらい大きな目をした女が、口に手を当てて笑う。

「俺たちからぶんどった金で、整形してやがるぞこの女」

この鼻だけでも何十万円もかかってるぞ！　脂肪吸引とかもぜったいしてるぞ！　喚きながら画面を指さす。どれほど顔を変えても声だけは変えられない。

「えっちゃん、ほんもののダイヤもらったんだね」

画面の中の女の左手の薬指に、ダイヤモンドが光っている。かたわらでモッツァレラゆたかが「すでに尻に敷かれていると評判ですが」というリポーターの言葉に「結婚直前に合コンに行ったことがばれて『良い根性してるよね』と小突きまわされました」と、さほどでもない話をとっておきのおもしろエピソードのように披露していた。

どさりと、椅子に腰をおろした。息を吐いた。ため息ではない。風船から空気が抜けるような、間の抜けた息だ。

沖と目が合う。どちらからともなく、笑い出してしまった。

沖が出勤し、休みの俺は皿を洗い、洗濯物を干す。

チャイムが鳴って、扉を開けたら、民恵が立っていた。あの時と同じだった。よほど驚いたのか、民恵は「うわ」と一瞬のけぞる。

「ちょっと、またハセ？」

「俺だよ。文句あるか」

「まさかあんた、ここに住んでんの？」

「そうだよ。文句あるか」

「ないけど、なんか不愉快」

民恵は顔をしかめつつも、まあいいわ、と咳払いをする。

「息子さんは？」

「仕事だよ」

ふうん。民恵はまだ疑わしそうに俺をじろじろ見ている。外がやけに静かだ。蝉が鳴いていないからだと気づく。いつのまにか、夏が終わっていた。

「あ、そうだ。俺、お前に渡したいものがあるんだ」

民恵はぎょっとしたように身を引く。

「えっ、なに？　やめてよ私、結婚してんだけど」

「……お前、勘違いも甚だしいな」

待ってろよな、と言い残して二階に駆け上がる。いつか木崎瑛子からもらった電話番号のメモを渡した。

「家に行ってやってほしい」

木崎瑛子と交わした会話、ゲームコーナーで見たこと、やま公園でおきたこと、すべて話した。

「その人のところに行ってくれ。民生委員だろ」

皮肉を言ったつもりはない。こいつは俺の大嫌いな民生委員で、だから、俺にはできないことができる。

「……わかった」

民恵は頷いて、メモを一度ポケットにしまってから、手帳を取り出して、そこにしまいなおした。

「失くすといけないから」

まじめな顔で言う。

「うん」

すこし迷ってから「よろしく、頼む」とつけたした。民恵が「えー!」と甲高く叫ぶ。

「なんだよ」

「一応、そういうこと言えるんだ」

「俺をなんだと思ってんだよ。じゃあな」

ドアを閉めようとすると「ちょっと、ちょっと！」と民恵がドアのすきまに半身をねじこんできた。

「なんだよ。帰れよ」

「そうだった。こっちも、あんたに会わせたい人がいるのよ」

ちょっと来なさいよ。腕をつかまれ、そのまま引っ張られるようにして、外に出た。

「どこに行くんだよ」

「黙ってついてきてよ」

はやくはやく。民恵は早足で歩いていく。駅前でタクシーに押しこまれた。いったいどんな家に住んでなにを食えばここまで強引になれるのだろうか。

「強引に連れていかないと、あんた逃げそうだから」

「会わせたい人って誰」

同級生の何人かの顔が思い浮かぶ。あいつらに囲まれて「あの時は仲間はずれにしてごめんね」などと言われたら、確実に殴ってしまう。

「運転手さん、そこ右に曲がってください」

タクシーは丘の上の住宅街に続く坂道をのぼっていく。二階建ての赤い屋根の家が見えた。

「すぐ済むんで、待っててもらえます？」

「浜本」という表札を見てもぴんとこなかったが、「はい」とインターホン越しに聞こえた声には、覚えがあった。

「ハセさん」

わたあめを抱いて出て来た典子さんが、俺のほんとうの名を呼んだ。

「なんで」

なんでお前が典子さんを知ってるんだよ。問いたいが、声にならない。民恵はぱくぱくと口を動かす俺を一瞥して「バーカ、民生委員なめんなバーカ」と吐き捨て、待たせていたタクシーに乗りこみ、去っていった。

「さあ、ハセさん」

典子さんが顎を上げた。いつもやさしく微笑んでいた人とは別人のようなかたい表情で。きっと責められる。罵倒される。

だが典子さんは「草むしりして」とわけのわからないことを言い出す。

「え？」

「うちの庭よ。草ぼうぼうなの」

タオルを差し出され、状況がまったく理解できないまま庭に連れていかれた。花壇に沿うようにして、雑草がびっしりと生えている。

「しっかりね」

典子さんはそう言い残して、家の中に消えた。逃げることもできそうだったが、あきらめてその場にしゃがんだ。草をひっこぬくたび、湿った土が香る。草の根は白く、しっかりと土を抱きかかえている。爪の隙間に容赦なく泥が入りこんだ。すぐにふくらはぎと太腿が悲鳴を上げはじめる。

これはきっと、罰なのだろう。だって典子さんは俺に、罰を与える権利がある。一時間ほど続けただろうか。窓が開いて、典子さんが身を乗り出した。

「もう、いいわ」

「あ、はい」

立ち上がろうとしたら、目の前が一瞬暗くなった。

「入って」

家の中に足を踏み入れると、甘い匂いがした。壁やソファーの上やその他のいろんなところに、キルトというのだろうか、ちいさな布をつなぎあわせたようなものが飾ってあった。テーブルの上には花が飾ってあって、甘い匂いの正体を知る。日常的に花を飾る家は実在していたのか。

細長いグラスを差し出されて、一気に飲み干した。アイスティーだと言われたが、味わう余裕もないほど喉が渇いている。

「まったく、手を休めずにやってたわね」

窓からずっと見ていたのだという。いつのまにか二時間以上過ぎていたので、あわてて声をかけたのだと言われてこっちも驚いた。そんなに長いことやっている感覚がなかった。

「だって罰なんでしょう」

罰ってなあに？　としらじらしく首を傾げる典子さんから目を逸らして、テーブルの上に置かれた写真立てを眺めた。この家の中で撮影されたものらしい。典子さんの隣にいるセーラー服の少女と、角ばった顎の男。

「孫よ」

俺の視線を辿った典子さんが写真の中の少女を指さす。

「最近、家によく来るようになったの。なにか言われたんでしょうね。あの子……息子なんか、二日おきに電話してくるわ」

よかったですね、などとは言うべきではない。俺に騙されそうになったことが原因だろう。

「……年を取るとね、しゃがむのがつらいの」

典子さんがとつぜん話題を変えた。

「はあ」

「でもほら、草むしりって、しゃがまないとできないから」

典子さんはエプロンのポケットに手をやって、それから白い封筒を俺の手に押しつけた。見ると、千円札が三枚入っている。

「これ……」

「草むしりの報酬」

「……どうして」

どうして？　ふしぎな言葉を聞いたかのように、典子さんは目を丸くする。

「正当な労働には、正当な報酬を払わなきゃ」

「いや、でも」

「言ったでしょう、しゃがむのがつらいって」

他にもあるのよ、年を取るとつらくなること。典子さんが指を折る。重い荷物を運ぶこと。高いところを掃除すること。それから買い物に行くことだって。

「ハセさん」

「はい」

「あなたは、詐欺師なの？」

「……そうなりますね」

「老人専門？」

「その予定でした」

ふんふんと頷く典子さんは、善一郎のように震えてはおらず、じつに落ちつき払っている。

「どうせなら、これからは警察に捕まらないやりかたで稼ぎなさいよ」

いったい、なにを言おうとしているのだろう。首を傾げたまま、話の続きを待った。

「たとえばさっきの草むしりだけど、身内にはかえって頼みづらくてね」

買いものだって、掃除だって。典子さんがまた指を折って見せた。ああ、と頷く。ようやく理解できた。

「犬の散歩とか」

「そう。お年寄り専門のリーズナブルな便利屋さん、なんてどう？」

「……なんで、そこまで考えてくれるんですか」

鼻の奥が痛くなった。なんで、そんな。

「俺なんかのために」

自分を騙そうとした男のために、そんな。

老婆の老婆心、という言葉を、典子さんが口にした。

「老婆の、老婆心、ですか」

わけがわからず復唱すると、典子さんは「いやだ、冗談なんだから笑ってよ」と眉をひそめる。私たちはあなたを利用する、あなたは私たちを利用する、それでいいんじゃないのかしらね、と続けた。

「思いやりだとか親切だとか愛だとか、そんなあやふやなものに寄りかからずに生きていけるんなら、私はそのほうがいい。シンプルでしょ？」

それにね、とそこで言葉を切って、典子さんがふっと笑みを漏らした。

「それに、詐欺師が便利屋に転職したら、おもしろいじゃない」

聞き間違いかと思った。でもやっぱり、確かにそう言った。おもしろい、ですか。その言葉を、バカみたいに何度も繰り返す。

「そんなおもしろいものが見られたら、老婆になるまで生きてきた甲斐がある」

「……うまくいくでしょうか？」

「さあ、知らない。ここから先は自分で考えたらどう？」

つんと顔を背けた典子さんの口もとに、いたずらっぽい笑みが浮かんでいる。

足首にあたたかいものが触れる。視線を落とすと、まるい真っ黒なふたつの目がこちらを見上げていた。わたあめ、わたあめ。犬の名を呼ぶ声がなさけなく震える。お前のご主人はほんとうに、なんて人なんだよ。そっと撫でると、白い毛が指先にやわらかくまとわりついた。

典子さんの家を出て、すぐにスマートフォンを取り出した。空の高いところで大きな茶色い鳥が旋回するのを見上げながら、呼び出し音を数える。向かい風はすこし冷たい。かわいた土と草の匂いを嗅ぎとった直後に、もしもし、と言う沖の声が鼓膜に注ぎこまれて、周囲の音がすべて消滅した。

「どうしたの、ハセ」

どんなふうに話そう。沖が笑うような、なにかかっこいい映画のセリフみたいな話の切り出しかたを考えていたけど、やっぱりやめた。あの言葉を使うほうがいい。そのほうがずっといい。なあ、聞いてくれ。とっておきの話があるんだ。

解説

原田ひ香（作家）

書評だとか、文庫本の解説だとか、本についての仕事を依頼されたメールの返事に、私がつい書いてしまう言葉があります。

――私なんかでいいんでしょうか。

小説やエッセイを頼まれた時にそれはありません。なぜなら、できあがった作品は私と編集者さんの問題で、たとえとんでもなく下手な物を書いても、それは私の失敗であり、なんなら、その程度の実力の私に頼んできた編集者さん、あんたの失敗なんだよ！　と逆恨み気味に居直ることもできるわけです。でも、書評や文庫解説は違います。他の作家さんとその大切な作品を巻き込むからです。だから、すごくナーバスになります。それが、「私なんかでいいんでしょうか」という言葉となって現れるわけです。

言われた方の編集者さんも、「そうですよねえ。原田さんじゃ力不足ですし、やっぱり他の人に頼んでみますね」とは言えないじゃないですか。ここは本心でなくても「いいえ、もう、ぜひ、原田さんに書いていていただきたいのです」とか言わないわけにいかない。

私だってわかっているのです。だったら、そんな言葉を使わなければいいじゃない、と言われそうなんですけど、それでも精神衛生上「私なんかでいいんですか」という言葉を一度は言わずにはいられないのです。

そのくらい、書評や文庫解説を書くのは怖いです。

そのくせ、好きな人の作品には書きたくってたまらない。その人の作品にいっちょ噛みしたい。かかわりたいのです。

その中の一人が、寺地はるなさんです。お願いされた時に、これまでで最も強い気持ちで「私なんかでいいんでしょうかねえ……」とメールに書きつつ、嬉しくて大きくガッツポーズをしていました。

さらに、お願いされたのはこの『正しい愛と理想の息子』。やっぱりな、と思いました。この作品、寺地さんの作品の中では最も好きなものの一つです。こういう作品を書きたいなあ、と思いながら作家をやっていると言っても過言ではありません。誰かがそれに気づいてくださったのではないか、と思いました。

主人公、長谷眞（はせまこと）は三十二歳、清掃会社でアルバイトをする傍ら、ふたつ年下の友人の沖遼太郎と組んで、偽宝石売りをしています。

女も男も三十二歳というのはなかなかむずかしい年齢ですね。若くもなく歳でもない、だけど、勢いで生きてこられた十代二十代を終え、そろそろ自分の人生というものを考えたり、決めたりしなくてはならない、そんな年頃。

もちろん、長谷は偽宝石を偽物として売るのではありません。長いまつ毛に陶器のような肌を持つ、きれいな顔の友人、沖と共謀して、女性を罠にかけて売りつけるのです。女性たちは沖との未来を夢見て、道ばたの石ころほどの値打ちのアクセサリーに大金を出します。つまりは詐欺。

長谷の父親は五十八歳、母親は長谷が一歳になる前に出奔して今は行方不明。父は長谷が四歳ぐらいの時に仕事で怪我をしました。働くのに支障が出るほどの傷ではなかったのに、父は仕事をしなくなり、現在の息子と同じように女たちにたかって生きています。

まさにこの親にしてこの子あり、という状況です。長谷は十六の時に親の家を出て、十七から、違法カジノの暴力的な経営者、灰嶋の元で働いています。つまり、一生の半分はたった一人、裏社会で生きてきた男です。でも、そのわりに、堅固な強さや賢さ、覚悟が伴っているわけでもありません。どこかふらふらしている。今、売っている偽宝石は、その灰嶋から預かったもので、訳あってそれを売って二人で二百万円を作らないといけない状況なのです。

この冒頭から始まる、長谷と沖の詐欺から灰嶋との邂逅の部分、これがとてもリアルでうまい。小説家を分類するのは現代ではとてもむずかしいし、あまり意味のないことかもしれませんが、この作品までほとんど家族小説を書いていた寺地さんはやはり、いわゆるミステリー作家ではないですよね。そういう作家が書いたものの中で、この詐欺や暴力の部分は最も優れていると言ってもいいのではないかと読んだ時すぐ思いました。詐欺の部分は思わず引き込まれるし、暴力も自分の身体に痛みを感じるほどです。

何より長谷、つまりだましている側の男性の心理や思考、その細かな変化を言語化するのは並大抵なことではないと思うのですが、不自然さがまったくない。女性が書いているということを意識せずに読ませてくれます。

わあ、この男たちどうなっちゃうんだろうと思っている時に、薬局のおばさん、トクコが出てきます。昔、父にだまされそうになった女トクコ、だけど、いまだに長谷のことを気にかけてくれる人、彼女の造形がまたすばらしい。彼女は薬剤師で、長谷や父、沖とはかけ離れた、一本筋の通った人生を歩んでいる。資格があればどこの薬局でも必要とされる薬剤師は、師士業の中でも最高に潰しが効くもので、何があっても食べていける力強さを持った職業です。さらに、地元の年寄りを相手にしているから、社会や人生も知っている。彼女が出てきたことで、読者がほんの少しの安心をもらえる。

でも、彼女がばりばり、彼らの人生を好転させてくれるかというとそんなことはないんです。現実の人生というのは（ある種の小説や映画のように）誰か一人が簡単に直してくれるようなものではない。それを改めて突きつけられます。

ちょっと後ろ暗い商売や人物、私はこういうシチュエーションが大好きです。ミステリー小説のような設定だけど、その後の流れがやはり寺地さんならではのもので、こう来るか、と唸らされました。


この本を読み終わった時、世の中に「おやこ」というものほどむずかしく、奇妙で、つらく、そして優しい関係はあろうか、とつくづく思いました。

親子、母子、父子、母娘、父娘……書き方、表し方はいろいろあるものの、つまりは親と子。

常々、不思議なのですが、「そんな些細なこと⁉」「そんな小さな言葉一つ⁉」というようなことが今生の別れになるほど許せない事態までこじれてしまうのが親子だし、逆に、「あんなにひどいことをされたのに⁉」「あんな冷たい言葉を何度もかけられたのに⁉」「暴力も受けたのに⁉」それでも許してしまうのもまた親子です。その紙一重のところに何があるのか、私自身いつも考えています。その謎の一端が、この小説に解き明かされているかもしれません。

最後に、歳を取ることはむずかしい、ということもしみじみ感じました。そろそろ老年にさしかかりそうな自分だからこそ言えるのですが、歳を取ることはやっぱり悲しいし寂しい。どう足掻いたら、美しく歳を取ったりできるんでしょうか。

いや、突き詰めたら、老いも若きも男も女も、寂しくない人なんているんでしょうか。そんな根源的なことを考えさせられました。

小説としてストーリーを追う楽しみはもちろんのこと、自分の人生を思い返して感情が千々に乱れます。それこそが良い小説の絶対条件とわかってはいますが、書くのはとても大変なことです。それがこの小説にはちゃんと備わっている。

ぜひ、読んでいただきたい一冊です。

二〇一八年十一月　光文社刊

光文社文庫

正しい愛と理想の息子
著者　寺地はるな

2021年11月20日　初版1刷発行

発行者　鈴木広和
印刷　萩原印刷
製本　ナショナル製本

発行所　株式会社 光文社
〒112-8011　東京都文京区音羽1-16-6
電話（03）5395-8149　編集部
8116　書籍販売部
8125　業務部

ISBN978-4-334-79268-8　Printed in Japan

組版　萩原印刷